TRAUMA

승진
트라우魔

체험을 통한 선량한 왕따,
가치 찾기와 마음고르기

지금은, 가치있게 사는 힐빙웰 시대   저자 박영식

BP 책과사람들

권하면서

어떠어떠한 이유로 심한 심리적 상처를 받았거나,

조직사회에서 승진 등으로 왕따 당해,

괴로움을 겪고 있을 그대에게,

이 책을 권합니다.

- 밤비(夜雨), 박영식, Park young sik -

트라우마Trauma란 무엇인가

일반적으로 ^^^ '외상후스트레스장애' PTSD ； post
traumatic stress disorder라고 합니다. 또한 심리학에서
는 '심리적 외상', '정신적 외상'으로 영구적 정신 장애를 남기
는 충격이라고도 합니다.

보충하면, 충격적인 경험에 의한 기피현상이나 피해망상증
이기도하고, 일반적 적응능력을 압도하는 특별한 사건이기도
합니다.

시각적 이미지를 동반하거나, 때론 환각현상도 동반됩니다.
대인관계나 사회생활에 상당한 지장을 줍니다.

트라우마가 나타나는 유형으로는 ^^^과거 생명 위협 / 어렸을 때 심리적 상처 / 교통사고 등
 심각한 사고 / 자연재해 / 성적학대 / 불안정한 가족관계 / 사랑한 사람과 사별, 이별 등등 이다.

 괴로움을 겪는 이유는 ^^^비슷한 상황이 생겼을 때 과거의 부정적인 기억이 되살아나, 과민반응을 일으키기 때문이다.

 증상으로는 ^^^고통스런 기억이 자꾸 떠오르고, 심장이 뛰는 등 신체증상 / 비슷한 사건이 일어날 것이라고 생각하고 행동하는 것 / 사건의 일부를 기억하지 못하거나 관련된 장소·사람·대화를 피하는 것 / 항상 위험에 처한 듯 과민한 상태가 지속되는 현상 등이 나타난다.

 이를 극복하기 위해서는 ^^^우울증 등 정신장애나 술에 의존하지 않도록 치유시간 / 인내심 / 주변사람의 관심이 필요하다.

일언일설

나 같은 선량한 왕따들에게 일언일설(一言一說)

현대인들은 여러 가지 사유로 각종 스트레스를 받으며 산다.

앞 쪽에서 설명한, 트라우마를 쉽게 말씀드리면, 스트레스 형뻘이 된다. 그 트라우마 중에서 이 책에서 얘기하고자 하는 '승진트라우마'는 제가 감히 합성한 신조어로, 일단 "하나의 계급에서 승진 누락이 15년 이상 되어, 심리적 · 정신적 외상으로 고통받는 병리현상"이라고 정의해 본다.

우리 주변에는 의외로 승진스트레스나 승진트라우마로 인하여 건강악화 · 가정파탄 · 알콜중독 · 사회적 차단 · 극단적 판단 등 사회적 부적응자로 매장되는 사례가 비일비재 합니다.

이와 관련하여, 경쟁사회에서 이루어지고 있는 불합리한 인사로 인하여 정신적 고통을 받는 사람들에게 …

특히, 일반공무원 · 선생님 · 경찰 · 군인 등 계급사회, 관료사회의 공정하지 아니한, 인사평가 · 인사발령 · 인사관행 때문에 심리적 상처를 받는 사람들에게 …

조금이나마, 도움을 주려는 애틋한 심정으로,

제1편, 체험 속으로,
제2편, 새로운 가치 찾기,
제3편, 적극적인 마음 고르기,
제4편, 선결과제 심신건강 순으로 구성하였습니다.

나 같은 선량한 왕따들에게 한마디 고합니다.
부디 참고하시고, 비슷한 증상이 있는 분들은 서로 공유하고, 서로 인내하면서 치유합시다.

일침일갈

죄의식도 없는 공룡조직에 일침일갈(一針一喝)

먼저, 공룡조직에 대하여 밝혀 두고자 합니다.

이 책의 모든 내용은 특정 개인을 책망하거나, 사사로운 일로 상대방을 심려를 끼칠 마음은 추호도 없습니다. 그랬다면, 이것을 쓰지 않았을 것입니다. 어떤 특정단체나 특정 지역에 국한되는 일도 아닙니다. 하나의 사례일 뿐입니다.

이제는 공룡조직이 전향적으로 변하여야 하고, 개인과 조직이 상생해야 그 조직이 발전하기 때문에, 난필이지만 진정성을 가지고 쓰기 시작했습니다. 공룡조직은 외부자극 대응력 부족으로 위기에 봉착할 수 있습니다.

또한, 기본권인 개인의 존엄성과 행복추구권 등을 침해해서는 아니 됩니다. 개인의 인격이 국격이 될 수 있는 시대입니다.

공룡조직이 개인의 무관심에 대하여 자각할 시기입니다.

인사권이 고유권한의 한계를 일탈해서, 위에서 말씀드린 '승진 트라우마'로 진행되게 한다면, 문제가 심각해질 수 있음을 인식하여야 선진국입니다.

어쩌면 사람 평가의 문제는 인간의 영역이 아니라, 신의 영역일 수도 있기에 신중 또 신중해야 합니다.

앞으로는 서로 경쟁하지 아니하고 상생하는 '호모심비우스'가 새로운 화두이거나, 새로운 패러다임으로 작용하는 시대가 도래할 것입니다.

제안컨대, 공룡조직이 선량한 왕따들에 대한 심리적 외상, 정신적 외상을 치유하기 위한 가칭,

" 전문심리상담관제 "

도입을 검토해봄직 합니다.

'미성년 학생 왕따'보다 '성년 가장 왕따'가 더 심각할 수 있으니까요.

그 이유는 가장으로서 여러 사람을 부양하기 때문입니다.

직장은 삶의 터전입니다. 보람 있고 재미있게 다닐 수 있도록 공정한 대우를 받아야 합니다.

이런 저런 얘기들을 가슴을 맞대고, 진솔하게 나누어야 합니다. 할 얘기는 많이 있지만, '체험 속으로' 들어가서 이어 가겠습니다.

체험을 공감하면서

1. 승진하면 능력 있는 사람, 못하면 능력이 없거나 문제
가 있는 사람으로 인식하는 우리 사회에 대한 아프면서
도 시원한 이야기들

2. 진급 안 되면 온전히 스스로 끌어안고 살아가야 하는
아픈 마음, 생각, 속상함, 자존심 상함 등이 실감나면서
도 효과적인 조직 관리를 위해 꼭 알아야 할 내용들이며
조직 리더들에게 좋은 지침서가 될 것이라 생각한다.

3. 트라우마Trauma는 큰일, 사건에서만 생기는 것이 아니
다. 진급, 직설적 표현, 왕따 등 당사자에게 '결정적인
일'에 의해 생길 수 있다. 다른 사람들이 보기에 별일 아
니어도 당사자가 받는 충격이 크면 그 일은 큰일이라 여
겨야 한다. 이 책은 트라우마에 대한 개념을 다시금 돌아
보게 해주는 지침서이기도 하다.

4. 쉽게 이야기하기 힘든 내용을 일상생활과 연결하여 시원하게 터트려 주면서도 비난보다는 후배들과 조직이 좀 더 따뜻하게 변화해주기를 바라는 작가의 마음과 철학이 녹아있는 공직 생활의 지침서이다.

5. 누군가는 꼭 해줘야 하는 이야기들로 구성된 책이다. 조직차원에서 묻혀져 왔지만 평생을 공직에 몸담아온 사람들의 마음이 보람과 자부심으로 채워질 수 있도록 관심을 기울여야 할 영역에 관한 이야기들이다.
몇몇 사람의 투덜거림이 아니라, 공직사회가 더 건강하게 변화하기 위한 방향을 엿볼 수 있다.

안전행정부 지방행정연수원
연구개발팀장
교육심리학박사
상담심리전문가 / 리더십전문가
임 재 호

책을 읽어보니

정당한 사유 없이 17년째 같은 계급장을 달고 체험한, 한 공직자의 가슴 절절한 메시지와 그 해법을 담은 책으로, 공룡 조직의 관행적이고 불합리한 인사제도에 대한 비판과 현실 조직 세태를 질타하고 있다.

앞으로 좋은 일터를 만들기 위해서는 서로 경쟁을 자제하고 개인과 조직이 상생하여야 함은 물론, 조직사회의,

"전문심리상담관제"(가칭)

도입과 '호모심비우스'의 새로운 화두를 제시하고 있다.

또한, '승진 트라우마'라는 심리적 상처로 같은 병상에 있는 동료와 환우에게 이 책을 통해 인내하면서 치유되기를 간절히 바라고 있다. 아울러 같은 이유로 아픔을 겪을 후배 공직자조직원들에게는, 새로운 가치 찾기와 마음고르기의 방법과 사례를 소개하고 있으며, 심신건강이 선결과제임을 경험을 바탕으로 나름의 비법을 소개하고 있다.

공직자조직원로서 쉽게 쓸 수 있는 책이 아니기에 내공 있는 필자의 결단이 돋보인다. 작가의 항변대로 개인의 인격이 존중되고 창의적이고 인간적인 사람이 정당한 대우를 받는 풍토가 정착되어야 우리 사회가 훈훈해질 것이다.

제법 신선한 책이기에 적극 추천하는 바이다.

더불어 작가의 시와 인생모듬인,

"권커니 자커니"

도 함께 출판되었다.

작가의 변대로 상호연관성이 있는 책으로, 작가를 이해하기
에 도움이 되는 책이다.
읽고 싶고, 읽기 쉬운 책으로 적극 추천한다.

칭찬전도사
만담가 / 장소팔선생기념사업회 이사장
정해복지 상임이사 / 강남문화재단 이사
張光八

마음을 어루만지며

오랜 기간 공직생활을 하면서 자신의 생활과 주변의 경험 등을 엮어서 짬을 내서 책을 내게 된 저자의 역량에 찬사를 보냅니다. 현대인은 스트레스의 연속선상에 지내고 있다고 한다. Holmes & Rhae는 스트레스를 유발하는 생활사건을 찾아내어 점수를 내어 일정이상 점수에 도달하면 정신증적 병리를 일으킬 수 있다고 하였다.

스트레스라 하여 다 나쁜 것은 아니라고 말을 하고 있다.

특히 직장인이 받는 스트레스는 잘 해결해내지 못하고, 스트레스에 따른 부정적 사고와 감정은 공포, 낙담, 자책, 분노, 불면, 불안, 우울, 자살 등으로 이어져 스트레스로 인해 경제적으로도 많은 손실을 일으킨다고 보고 있다. 한 경제연구소에서 연구한 '한국의 직장인 스트레스'는 세계 최고의 스트레스 보유율을 보고한 적이 있었다.

급진적으로 발전만을 추구하고 한없는 승진을 바라는 현대인에게 있어서 동료들과 경쟁구도에서 받게 되는 스트레스는 잘 해결해내지 않는 경우 자칫 자신뿐 아니라 직장과 동료들에게도 어려움을 초래하는 경우가 왕왕 있는 것을 주변에서 많이 보아왔다.

한편, 스트레스에 대한 합리적인 반응으로의 유도는 자신뿐 아니라 주변의 다른 사람들에게도 영향을 주어 건강하고 행복한 삶을 영위하게 한다. 요즈음 같이 살벌한 경쟁과 경제적으로도 어려운 시점에서 할 말을 다하면서도 스트레스를 스트레스로 받아들이지 않고, 새로운 가치 찾기와 스트레스 해소의 방법, 사례를 소개하며 다양한 접근을 통해 지루하지 않게 펼쳐나가고 있다.

작가의 말대로 개인의 인격이 존중되어지고, 창의적이고 인간적인 사람이 정당한 대우를 받는 사회가 되도록 우리 사회가 변화되어야 하겠다. 그 가운데 있는 우리들은 그러한 사회가 건강하고 당연한 사회임을 인정하고 노력하는 사회가 되었으면 한다. 같이 마음을 어루만지며, 적극 추천합니다.

혜강병원병원장
정신건강의학과 전문의
의학박사
이 응 천

목 차

★ 권하면서...2
★ 트라우마Trauma란 무엇인가..3
★ 나 같은 선량한 왕따들에게 일언일설一言一說..............5
★ 죄의식도 없는 공룡조직에 대한 일침일갈一針一喝..........7
★ 체험을 공감하면서...................................임재호/10
★ 책을 읽어보니.......................................장광팔/12
★ 마음을 어루만지며...................................이웅천/15

제1편 체험 속으로

체험01 나의 별명 '아사'와 개그콘서트 달인...............27
체험02 나만의 미로, 출근길.................................29
체험03 엘리베이터...31

체험04 구내식당과 나 홀로 식당...........................33

체험05 오직 클릭, 오직 예수...............................35

체험06 근무 시간 방황과 죄의식..........................37

체험07 월급 도둑놈......................................39

체험08 시간외수당과 자아비판.........................41

체험09 네 가지 증세 실어증 / 대인기피증 / 무기력증

        /거동불능증.....................................43

체험10 세 가지 증세 당뇨 / 지방간 / 이상지질혈증...........45

체험11 승진 트라우마와 죽음...........................47

체험12 승진 발표일의 말술.............................49

체험13 승진 우선순위.................................51

체험14 나쁜 생각들...................................53

체험15 사표 던지기와 자식 키우기.......................55

체험16 중간관리자의 잘못된 정보........................57

체험17 최종 결재권자의 오류...........................59

체험18 실무국장의 자의적 해석과 평가...................61

체험19 사람 평가의 근원적 오류.........................63

체험20 희한한 루머와 함께.............................66

체험21 경쟁자들의 쓸 데 없는 모함.......................68

체험22 조직이 개인을 죽인다.................................70

체험23 조직살인과 무관심.................................72

체험24 조직사회의 바뀐 우선순위.........................74

체험25 인사발령의 묘기와 조직 뒤틀림....................76

체험26 조직의 냉소주의와 우거지상들....................78

체험27 본인 동의 없는 장기연수와 유배..................80

체험28 유배기간 점심.....................................82

체험29 마키아벨리와 권모술수...........................84

체험30 초고속 승진과 폐해...............................86

체험31 청문회와 검증시스템.............................88

체험32 의리, 싸나이, 자존심, 역사의 순수함을 믿고......90

체험33 경쟁자의 본심.....................................92

체험34 친구의 조언, 아부와 모태아부....................94

체험35 남의 얘기를 귀담아, 자화상 관조..................96

체험36 나의 시호, 야우 / 밤비............................98

체험37 가면과 가식으로.................................100

체험38 언제 식사 한번, 술 한 잔 합시다..................102

체험39 보물단지 아닌 불만단지, 화수분 104

체험40 친구, 모임, 직장동료 등 주위의 눈초리.........106

체험41 너 안 보이길래, '땡땡'한 줄 알았다 108

체험42 그만둔다는 소리, 그만해라 110

체험43 보신, 복지부동, 눈치, 한껀........................112

체험44 엉뚱한 위로들..115

체험45 그나마 낙천적인 성격 때문에 117

체험46 주酒, 위대한 유산.....................................119

체험47 발렌타인 17년산과 건배제의........................121

체험48 트라우마로 인한 전쟁과 사랑.....................123

체험49 가정불화, 이혼, 절교 등 사회적 차단.............125

체험50 외로울 때 찾아드는 사탄.........................127

체험51 떨어진 원숭이, 낙선자, 미승진자.................129

체험52 차라리 징계라는 핑곗거리를 만들까..............131

체험53 엄정한 감사관 생활 6년과 피감사자 자신.......133

체험54 체념, 그리고 소신, 그것마저도....................135

체험55 미성년 학생 왕따와 성년 가장 왕따의 차이......137

체험56 젊다고 엄청 부려먹고서...........................139

체험57 올라가는 것은 내공 뿐...........................142

체험58 묵언정진..144

체험59 무심의 걸음걸이....................................146

체험60 시청 2층 로비의 큰북.............................148

체험61 외로움 표출, 새로운 인맥 찾기....................150

체험62 무서운 인맥관리 현상.............................152

체험63 낮과 밤의 이중생활...............................154

체험64 맹자의 가르침을 건네주다........................156

체험65 과거, 한 때는 쫄병들의 멘토......................160

체험66 멋진 지역사령관, 나를 따르라....................163

체험67 과거를 묻지마세요................................165

체험68 슬픈 현실, 과거 쫄병에게 업무인수인계 받다....167

체험69 17년 전 축하난 100개와 왕따의 허무부르스....169

체험70 시궁창에 처박힌 느낌............................171

체험71 몰예의, 애경사 봉투전달........................173

체험72 '세상갈이'와 이갈이...............................175

체험73 심리적 요인이 육신으로 전이....................177

체험74 자그마한 트럭장사를 보면서......................179

체험75 미움의 깊이는 깊어지고..........................181

체험76 억지로 참석한 회식, 그 다음부터 불참..........183

체험77 강산이 세 번 변했는데...........................185

체험78 엉아, 병원에 들러 봐야 하는 데..................188

체험79 자존감에 상처 받다....................................190

체험80 원고마감 전, 한통의 전화..........................192

체험81 미련 없습니다..194

체험82 드디어 고향이 싫어지기까지.......................196

체험83 출판 쐬주회..198

체험84 그래도 공직자이기에...............................200

제2편 새로운 가치 찾기

가치01 사단법인 대전팝스오케스트라와 함께 하다.......209

가치02 갤러리를 멋지게 만들고, 망했지만 후회 없는

　　　　도전을 하다..212

가치03 여행을 즐기며 생활 속의 도인이 되다............215

가치04 시집과 체험집 발간에 즈음하다....................217

가치05 인생이모작 준비.....................................220

가치06 멘토 정하기, 인재 키우기, 후배 키우기.........223

제3편 적극적인 마음 고르기

마음수련01 전문가 찾아가기...................................229

마음수련02 지속적인 마음응어리 빼기훈련과 명상,

　　　　　 단전호흡...231

마음수련03 억지웃음 반복훈련..............................235

마음수련04 본인 위로 훈련 / 타인 용서훈련............238

마음수련05 자기최면과 이완훈련...........................241

마음수련06 어울리기 훈련....................................243

마음수련07 퇴마사훈련..245

마음수련08 정조대왕 어록, 함양공부......................248

마음수련09 오프라 윈프리 사례.............................250

제4편 선결과제 심신건강

건강01 비타민씨에 대하여....................................259

건강02 오일풀링oil pulling..................................261

건강03 30분의 좋은 습관 네 가지.........................263

건강04 혈, 괄, 단을 동시에.....................................264

건강05 단전치기와 등치기.....................................267

건강06 '피톤치드'를 위하여...................................269

건강07 나만의 건강 축지법...................................271

■ 간식, 멘토 장광팔 노래 · 273

■ 편집후기

　원고 집필을 끝내면서 · 277

제 1 편

❧

체험 속으로

❧

살면서 수많은 체험을 한다.

물론 내 입장에서의 얘기들이지만,
'해도 해도 너무 해서' 펜을 잡았다.

쓰다 보니 나도 놀랬다.
출근부터 퇴근 · 귀가까지 / 과거부터 현재에 이르기까지
쓸 꼭지가 너무 다양하고, 화수분처럼 자꾸 나왔다.
그만큼 고통의 연속이었던 모양이다.

글로서 자기 마음을 100% 표현은 어렵다.
글솜씨가 일천하고, 책을 처음 쓰는 이유도 있겠지만,
진정성을 살려 체험 · 경험한 것을 썼다고 자부한다.

어떤 곳은 성격상 해학적으로,
더러는 역발상으로 표현한 곳도 있다.
글의 구성이나 맞춤법, 구두점, 띄어쓰기, 사투리,
비속어 등의 문제점은 독자들의 이해를 구하는 바이다.

아무튼, 체험수기 형식으로 토해 냈으니,
저자의 입장에서 체험해 보시고 참고하세요.

나의 별명 '아사' 와 개그콘서트 달인

*살*다 보면, 본인도 알지 못하는 별명이 있다.
그네들끼리는 불러 왔던 모양이다.

어느 날 후배들과 한잔하면서 있던 일이다.
선배님, 별명이 뭔지 아쇼? 모른다. '아사'요.
그게 뭐냐? 아직도 사무관, 준말입니다.

내심 움찔, 창피스럽다.
한 때는 우러러 보던 아우들인 데.....
그 놈의 승진이 뭔 데..................

"개그콘서트"라는 인기 코미디 프로그램이 있다.
일요일에 자주 보곤 한다.
그 중에 '달인'이라는 코너에서, 무엇 하나를 16년 이상
연마하면, 달인이라고 한다.

난, 이제, 사무관 16년째이다.
'아사'보다는 '달인'이 더 나은 것 같다.
알콜을 삼키면서, 씁쓸한 웃음을 지어 봤다.

나만의 미로, 출근길

나는 주로 걸어서 출근한다.
그런데, 어느새 굳어진 나만의 길이 생겼다.

그 길은 될 수 있는 한,
아는 사람을 만나지 아니하고 목적지까지 도착하는 길이요,
사람으로 인해 상처 받기 싫은 길이요,
그나마 빠른 지름길입니다.

왜, 일까요?
언제부턴가, 나만의 길을 찾고 있습니다.

군자대로행君子大路行
행불유경行不由徑이라고 했거늘,
정녕, 군자의 길은
요원한 것일까요?

엘리베이터

*시*청사에는 엘리베이터가 여러 대가 있다.

근무하는 사무실까지 실어 나르는 시설물이자, 주요 통로이
다.

하루 몇 번 만나는 그 좁은 공간에서는 직원상하 간, 상호
간 서로 눈과 입으로 인사를 한다.

언제부턴가, 그들의 눈초리 · 말투가 거슬리기 시작했다.

이제는 그들도 할 말이 없는 듯, 어정쩡하게 내 눈치만 본
다.

그래서 가급적 한대뿐인 민간인전용 엘리베이터를 탄다.
어떤 때는 그 엘리베이터를 타기 위해서 한참을 기다리기도
한다.
또, 어떤 때는 계단으로 고층을 오르내린다.
그야말로 심신을 달래면서 ....

직원전용 엘리베이터 타는 것보다 마음이 편하니
어쩌란 말인가?

구내식당과 나 홀로 식당

식사하면서, 정이 들고 ......
'밥상머리교육'도 있지 않은가
그만큼 식사는 중요하다.

그러나 난 구내식당에 가지 않은 지
몇 년 된다. 갈 수가 없었다.

일 년에 몇 번 정기 또는 수시 승진 인사발령 때,
또는 그 즈음에, 구내식당에 가면,

"이번에는 나가셔야죠?"
"이번에는 잘 되어 가요."

등등의 관심도 없는, 진실도 아닌 반복적 말투에 염증을 느껴서이다.
　그것이 일년 내내로 느껴진다.

　나 홀로 먹을 수 있는 식당, 그들이 적게 드나드는 식당, 조금 멀어도 걸어서 오가는 식당 등을 찍어서 간다.
　어쩌다 사회 지인들과 식사 약속을 해도, 그들이 오지 않는 조금 떨어진 곳으로 정한다.

오직 클릭, 오직 예수

*바*이블이나 찬송가에 보면,

오직 예수One way Jesus라는 용어가 있다.

쉽게 말하면, 묻지도 따지지도 말고 그 길로 가는 것이다.

오직 클릭Only Click은 두뇌 조직이 텅비고,

머리가 하얗게 된 상태로 마우스로 전자문서를 누르는 것이다.

창의력, 판단력, 소신, 의지 등과는 무관하게 .....

그러나 차이점은 있다.

오직 예수는 믿음이 선행 되는 것이고,
오직 클릭은 하얀 머리, 텅빈 두뇌로
무념무상無念無想의 경지인 것이다.
이런 걸 보고, 꿈보다 해몽이 …….

근무 시간 방황과 죄의식

'오직 클릭'으로 일관할 수밖에 없는 심리상태로 하루를 지내다 보면, 시간적으로는 여유가 생겨 사무실을 탈출하여 여기저기 기웃기웃 시내 전역을 두어 시간 배회를 한다.

다른 일거리 없을까?

이렇게 왕따 당한 조직에서 있어야만 하는 것일까?

엉뚱한 잡념과 방황의 연속이다.

이렇게 갈팡질팡 오락가락 하다 보면 인간이기에 죄의식이 생긴다. 시민을 위해 봉사할 시간에, 왜 이리 되었을까?

심리적으로는 프로이드가 얘기한 '도덕적 불안'현상이 생긴다. 양심에 반하여 나타나는 감정적인 반응일 게다.

부앙무괴俯仰無愧라는 말이 있듯이, 하늘을 우러러 봐도 땅을 굽어 봐도 부끄럼이 없이 살아야 하는 데, 마음이 먹먹하다.

그래도 마음을 되잡고, 오늘도 힘내자고 스스로를 위로하면서 귀청하곤 한다.

월급 도둑놈

내 직장의 가장 좋은 점은 아직까지 부도 안 내고, 월급 안 밀리고 이십일 되면 꼬박꼬박 내 계좌로 입금된다는 사실이다.

취업준비생들의 선호도 1위인 직장이다.

안정적인 수입이 보장되는 이른바 '철밥통'이다.

'직원들에게 나는 월급도둑놈이다'라고 선포할 지경에 이르렀다.

그 이유는 일을 하지 않고 월급을 훔친 것이나 다름이 없기 때문이다.

조직이 창의적으로, 능동적으로 일할 수 없게 기를 꺾어 놨
다.
머리와 손을 철저하게 묶어 놓았다.

30년 전, 원대한 꿈을 가지고, 열심히 공부를 해서, 어려운
시험 합격 후, 첫 출근할 때에는 정말 멋지게 하고,
싶었는데 ………

시간외수당과 자아비판

몇 년 전, 공직자의 시간외수당에 대하여 언론과 시민들의 질타를 받은 적이 있다. 과거에는 편의상 대리싸인, 가짜싸인 이 간혹 있었는데, 요새는 본인 신분카드나 지문으로 인식시 키는 제도로 바뀌어서 그렇지는 아니하다.

그래서 이제는 버티기 싸움으로 변질되었다. 극히 일부 공 직자는 바쁜 업무 때문에 야근하지만, 대부분은 불필요한 일 을 하거나 느슨하게 일처리 하는 것이다.

복리후생비 성격으로 개선하는 것이 에너지절약, 정신건강, 가정화목, 효율적인 시간 관리에 큰 도움이 될 것으로 확신한다.

참고로 서기관부터는 시간외수당과는 무관하고, 다른 수당으로 받기 때문에 야근이 거의 없다.

현재의 나는, 한심하고, 자존심 상하는 작태를 실행하고 있다. 엄청난 업무나 바쁜 일도 하지 아니하면서, 현실적으로는 사회 품위유지를 위한 용돈마련과 한이 서린 '잃어버린 봉급'을 찾으려고 버티고, 또 버틴다. 하지 말아야 할 버팀 시간의 연속인 것이다.

네 가지 증세
실어증 / 대인기피증 / 무기력증 / 거동불능증

장기간의 스트레스가 계속되면, 정신적 충격으로 여러 증세가 나타납니다.

심각한 트라우마로 이어지면, 심리적 요인으로 여러 증세가 나타납니다.

남과 말을 하기 싫고, 말을 섞는 힘도 없는 '실어증'이 나타납니다. 태생적인 증세가 아니고, 조직에서 생긴 침묵을 유지하는 '함구증'입니다.

사람을 피하면서 생활을 하는 사회적 기능 저하 현상인 '대인기피증'이 나타납니다.

같은 조직 내 구성원들을 마주치면 엄청 피곤하고, 사회적 지인들도 가려서 보는 '사회공포증'입니다.

의욕상실, 회의감, 우울증 초기증상인 '무기력증' 증세도 나타납니다. 육체적으로는 힘들지 않은 데, 몸은 꼼지락 하기 싫고 무겁고 피곤합니다.

심리적 압박감 등으로 '거동불능증' 증세도 나타납니다. 신조어인 '귀찮니즘'과 같은 증세입니다.

조직 내의 모든 일이 귀찮아집니다.

세 가지 증세
당뇨 / 지방간 / 이상지질혈증

정기건강검진, 수시건강검진에서 세 가지 증세가 나타났다. 현대병인 당뇨, 지방간, 이상지질혈증 이었다.

유전적인 요인도 있을 수가 있겠지만, 위에서 나열한 세 가지 증세는 스트레스로 인한 지나친 음주가 제일의 원인인 듯 싶다. 서로 동반되어 나타나는 경우가 많다.
한 달이면 이십팔일을 술로 버틴 인생이었다.

심해지면, 심장마비 · 뇌졸중 · 당뇨망막병증으로 인한 실명, 신기능 장애로 인한 투석透析 등 돌이킬 수 없는 건강 악화현상이 나타날 수도 있다.

운동, 식이요법 등의 생활습관 교정과 마음 고르기를 통한 심리치료와 심한 경우에는 약물치료도 필요한 것이다.

병은 내 안에서 만들었기 때문에 내가 치유하여야 할 것이다.

승진 트라우마와 죽음

그 누구도 알려고 하지 않는, 그 자신만의 고통인 '승진 트라우마'는 상당히 괴로워하는 심리상태입니다.

흰히, 경험하고 있습니다만, 너무 가볍게 여겨 지나칠 때가 너무도 많습니다.
눈 여겨 보세요.

"시골에서 농사나 지으려고"
"내가 하고 싶은 일을 하고 살려고"
"가치 있는 삶을 살아보려고"

등등의 말씀을 남기고 홀연히 떠난 조직원을 떠올려 봤는가?

　이미 그 조직의 쓸쓸함을 안고 떠난 것이 틀림없다. 그 조
직에서는 인간의 냄새를 느끼지 못했을 것입니다.

　그 조직의 암덩어리가 커서 몇 개월, 몇 년 안에 싸늘한 죽
음으로 변한 것을 여러 번 봤습니다.

　물론 직장암 · 대장암 · 위암 · 간암 · 췌장암 · 당뇨합병증으
로 명명하겠지요.

그러나, 그 조직에서는 그 죽음을 오래 기억하지 않습니다.

승진 발표일의 말술

난, 이제 승진발표 일을 잘 모릅니다.

왜냐하면, 8년 전 쯤에는 승진 후보자 명단에 끼어 있었는데, 어떤 이유인지 몰라도 이제는 승진 족보에서 없어졌습니다.

오늘이 그 날인 것 같습니다.

평일과 같이 출근하여 조용히 앉아 있으면 분위기나 감으로 자연히 느껴집니다.

그러면, 컴퓨터 화면으로 10여초정도 누락여부 확인 후, 친구 한두 명을 부릅니다.

하루 종일 말술을 시작합니다. 두주불사斗酒不辭라고 했던가요?

하온데, 술이 세고 체력이 강한 것은 아닙니다.

스트레스로 인한 거시기는 하지 말아야 할텐데요. 오늘은 할 수 있는 일이 그 짓 밖에 .....

잊으려고 .....

이놈들이 해도 해도 너무하네요 ....

다음 날 아침에 아무 일도 없는 듯 다시 책상에 앉습니다. 한 마디도 하지 않습니다.

왜냐고요?

목을 죄는 밥그릇이기에..................

그러나 내장은 하루 종일 얼얼합니다.

승진 우선순위

우리 조직에는 '승진우선순위'와 '승진배수'라는 제도가 있다.

합리적이고 보편타당한 인사를 하기 위한 방편일게다. 승진결원 인원수에 따라 4배수, 3배수, 2배수 등의 배수를 둔다.

거기에 포함되려고 안간힘을 쏟아 붓는다.
별의별 수작을 다 부린다.
온갖 끗발을 다 동원한다.

기업에는 판매촉진 프로그램으로 마일리지mileage라는 것이 있다.

난, 하나의 계급장을 16년 달고 있으면, 마일리지가 많이 적립될 줄 알았다. 물론 썰렁한 우스갯소리이다.

적립은 커녕 마일리지가 감소되어 윷놀이 '빽도'현상이 나타나 순위와 배수에 밀려나 있다.
징계 받은 사실도 없고, 돌아이도 아니지 않는가?

하루빨리 모순된 제도는 바꾸시길 바란다.
'물은 담는 그릇에 따라 모양이 변한다'라고 하지 않았던가?
조직의 물은 잘 담아야, 조직이 살아 움직이는 법, '인생우선순위'도 같이 생각해봄 직이 어떠실는지?

나쁜 생각들

세상에 대한 나쁜 생각, 극단적인 생각을 해본 적이 있는가?

괴변은,

> *"트라우마 정도까지 진행되었으면*
> *충분히 이해가 된*
> *다"*

이다.

같은 계급장 달고 16년, 쓸쓸한 달인이 되었다.

고참 대우를 해준다고, 9년 전 상위직급대우, 문서로 서기관 대우 발령을 받았다.

약간의 수당도 감질나게 준다. 사탕발림 같은 것이다.

가끔, 인트라넷intranet상에 '공직을 마감하면서', '공직을 떠나면서', '그동안 고마웠습니다' 등등의 명예로운 퇴직에 즈음하여, 아름다운 글귀가 뜬다.

응당 공직을 아름답게 마감해야 되는 데, 그와는 상이하게, 본의 아니게, 나쁜 생각이 들 때에는 머리를 좌우로 흔든다. 이 건 아니라고.............

하나하나 열거치 않겠다.

'조진조퇴, 지진지퇴'早進早退, 遲進遲退'라고 했던가, 가치 있는 일을 찾고, 스스로를 위로하면서,

버티자!
버티자!
버티자!

사표 던지기와 자식 키우기

몇 날 며칠을 중대결단으로 고뇌에 찼던 적이 있었다. 생각
이 좁혀져 갔다.

사표?

자식?

풀이를 하면 ^^^ 깨끗이 사표를 내고, 자식을 키울거냐,
사표를 냈을 때 방법은 어떠한 방법이 있느냐?

자존심은 버리고 사표는 내지 않고, 자식을 키울거냐?

자식은 삼형제가 있는 데,
학생, 군인으로 한참 크고 있는 나이요, 공부할 나이로 몇 년
씩은 더 부양해야 애비의 도리를 다한다.

사람이 갖추어야 할 네 가지 즉, 신언서판 중 판단이 필요
할 때이다.
절체절명의 순간 ^^^ 머리 한 켠에는 '상기 본인은 일신상의
이유로 …..'
다른 한 켠에는 삼형제의 얼굴이 스쳐 지나간다.

결론은, 나도 별도리 없이,

"자존심과 자식과는 바꿀 수 없었다"

였다.
아하, 유레카Eureka, 조직은 그것을 무기로 삼고 있었구
나!!!

중간관리자의 잘못된 정보

사람의 입은 참으로 간사하고, 무섭다.

세 치 혀三寸之舌는 선량한 자를 왕따로, 못쓸 인간으로 만들기도 한다.

　유유상종이라 했던가, 자기들끼리 탁상에서, 주점에서, 식당에서, 사실이 아닌 것을 확인도 없이, 지껄여대다가 서로 끄덕끄덕 한다.

　그야말로 중상모략인 것이다. 그들이 공인, 관리자, 리더들이다.

선거철이면, 상호비방과 흑색선전이 판친다. 인사철이면, 권모술수의 대가들이 판친다.

'세 치 혀 밑에는 도끼가 들어있다'는 말도 있지 않은가? 잘못된 정보를 가릴 줄 아는 중간관리자의 자질을 키워, 옥석을 가려 최종 결재권자에게 상신해야 합니다.

그렇지 않으면 총체적인 조직의 불화를 야기시킵니다. 선량하고, 능력 있고, 창의적인 사람이 겉돕니다. 우리 모두가 신중한 언행과 처신을 기대해봅니다.
너무나 어려운 부탁을 드렸습니다.

최종 결재권자의 오류

원숭이가 나무 꼭대기에 올라가면, 빨간 엉덩이만 보인다고 합니다.

흠결만 보입니다. 빨갛다고 욕을 먹을 수도 있습니다.

최종 결재권자, 최고 경영자, CEOchief executive officer 는 참으로 어려운 길이요. 책임이 따르는 길일 것입니다.

조금이나마, 흠결을 줄이고 욕을 덜 먹기 위해서는 인재등 용을 잘 하셔야 합니다. 좌청룡우백호를 잘 두어야 합니다.

인재의 낭비를 줄여야 합니다.

그렇지 않으면, 배가 산으로 갑니다. 간신이 득을 보고, 충신이 해를 봅니다.

어중이떠중이가 가득한 조직이 될 수 있습니다.

잘못된 인재등용으로 인한 잘못된 정보, 욕심으로 인한 약점 잡힘, 선천적인 아집 등은 눈을 멀게 하고 귀를 어둡게 합니다.

성급해도 오류, 나태해도 오류, 부분을 전체로 착각해도 오류입니다.

최소한으로 줄여야 합니다. 그대의 오류는 조직의 미래, 조직의 명예, 조직의 가치와 직결되니까요.

보너스

군자의 도덕은 바람과 같고, 백성들의 도덕은 풀과 같아서, 풀은 바람에 따라 눕는 것이다.   – **논어** –

실무국장의 자의적 해석과 평가

실무국장급이 자기 소속 계장급, 과장급 인사에 깊이 관여하고 점수로서 평가한다. 명확한 잣대도 없이 소속 직원 전체를 잘 알지도 못하면서 자의적으로 해석하고, 평가되는 게 현실이다.

"점심 식사하러 가시죠?"
"어느 식당에 뭐가 괜찮던데요."
"이번 주말에 골프 치러 가나요?"
"저녁에 어디서 누구와 가볍게 한잔 하시죠?"
"아무게님이 이런 말씀 하시던 데요."

오해마시길 ^^^ 다 그런 건 아니지만, 위와 같이 국장을 잘 받드는 성격의 소유자가 높은 평가를 받고 승진을 한다.

분명 왜곡된 평가임이 틀림없다. 자기 손아귀에서 놀도록 하고, 자기 인맥 쌓기를 하는 것이다.

조직에 기여할 수 있는 성과나 역량을 보고 평가하는 것이 아니다. 객관성이 결여된, 위험성이 내재된 평가이다.

모든 사람이 수긍이 가는 평가는 할 수 없지만, 대부분의 사람이 수긍이 가는 평가를 했으면 한다.

사람 평가의 근원적 오류

사람이 사람을 평가할 수 있는가?

굳이 해야 된다면, 어떠한 잣대로 해야 하는가?

흔히 '인사는 만사다' 라고 합니다. 믿습니다.

내가 체험을 통해 이렇게 토하고 있잖아요.

그런데, 근원적으로 개개인의 개성 파악이 상당히 어렵습니다.

사람을 적재적소로 보내야 개인과 팀의 능력 발휘가 조직의 발전으로 이어집니다.

그러나 현실은 그렇지 못합니다.

평가항목, 평가기법, 성과지표, 성과도출, 평가도구, 성과평가, 역량평가, 다면평가 등 어느 하나 믿음이 가지 않습니다. 인위적 조작이 가능하고, 그런 사람이 유리하도록 그런 방향을 가고 있으니까요.

기획력, 의사결정력, 업무추진력, 문제해결력, 협상조정력, 리더십 소통, 변화주도, 전략적사고, 신뢰도, 직무지식 등은 어쩌면 평가대상 항목이 아니고, 용어의 나열에 지나지 않습니다.

또한, '조직에 대한 성과'가 '시민에게 미치는 성과'와 동일하게 나타나지 않을 수도 있습니다. 이것도 인위적 조작이 가능하니까요.

가설·추론이지만, 현재 시스템에 의한 평가결과치를 완전히 거꾸로 평가하여 승진 등 인사발령 하여도 큰 무리가 아닐 수 있습니다.

오히려, 조직의 매너리즘을 줄이고, 신바람 날 수도 있다니까요. 왜냐고요?
'사람 평가의 근원적 오류'이니까요.

그렇다면, 결론 내립니다.
순리대로 합시다. '**인**사는 **망**사다'가 아닙니다.
대부분의 사람이 성실하게 일하는 삶의 터전이 되어야 하는 공간이요. 직장입니다.

체험20

희한한 루머와 함께

세상 살다보면 황당한 일이 많다.

연예인도 아닌 데 악성루머에 시달린다.

자신도 한참 지나고, 불이익을 받고서야 안다.

난, 남의 사생활에 별로 흥미가 없어서 얼토당토않은 루머 rumor에 신경 쓰지 않는다. '나중에 밝혀 질테니까' 하는 느긋한 성격이다. 변명하기도 싫다.

그러나 공조직에서는 치명적이다. 치유할 수 없는 상처인 것이다. 그래서 내 '성격', 플러스 '희한한 루머'로 요모양 요꼴이 되었다. 벌써 몇 년째 승진 누락이다.

남의 명예를 실추시키고 허위사실을 유포하면, 형법상 '명예 훼손죄' 또는 '무고죄' 등이 성립될 수도 있다.

음해, 모함, 인신공격은 남을 깎아 내려서, 그 사람이 부당한 이익을 챙기려는 얄팍한 짓이다.
내가 반성할 일이 아니라, 그들이 반성해야 한다.

경쟁자들의 쓸 데 없는 모함

오래 전 들은 얘기인데,

"같은 직급인 사무관끼리는 동료가
없고, 애오라지 경쟁뿐이라고 했다."

"이해가 간다."

이 시대를 사는 우리는 '경쟁'이 필수 과목일 게다.

이 경쟁이 적정 수준을 넘어서면, 비효율과 부패를 야기 시
킨다. 그 목표가 승진이라면, '상사유착'으로 이어져 선량한 경
쟁자에게 피해를 준다.

이러저러한 모험에 약한 성격의 소유자라면, 한 번 피해가 영원한 피해로 이어지고, 승진과 탈락이 굳어지는 현상이 나타날 수 있다. '실패 · 피해 · 탈락에 엄격한 사회'에서는 더욱 그렇다.

때론 모험에 약한 사람들, 다소 엉뚱한 사람들, 조금 튀는 사람들이 인류 역사를 살찌우는 것이다.
뉴톤, 에디슨, 라이트형제, 베토벤, 피카소, 에를리히처럼 말이다.

지금, 우리는 너무 정형화를 고집하여 창의 · 독창 · 혁신 등을 평가절하 하고, 사회부적응자로 매장시키는 것은 아닌지 고민할 때이다.

클 싹에게 그늘 역할을 하고 있는 것은 아닌지?
그들을 배타시하고, 손가락질하고 있는 것은 아닌지?

조직이 개인을 죽인다

왜, 자각하지 못하는 것인지 안타깝습니다.

이제는 전향적으로, 이 문제를 해결했으면 하는 바람입니다.

개인의 신체, 자유, 명예를 심하게 침해하면 '인격권' 침해입니다. 법률적으로 문제가 될 수 있습니다.
전문가의 조력이 필요한 사항이지만 …

조직이 개인을 아프게는 해도, 죽이지는 말았으면 합니다.
무심코 던진 돌멩이에 개구리는 죽을 수 있습니다.

이제는 큰 조직에서는 개인적인 피해사례를 연구하고, 상담할 수 있는 전문부서를 신설할 때입니다. 카운셀링이나 싸이코테라피 같은 거죠.

항변합니다.
도마뱀의 잘린 꼬리가 재생하듯, 재생할 수 있도록 조직이 개인의 아픈 부위를 어루만집시다.

조직살인과 무관심

몇 천명이 근무하는 조직은 가히 '공룡조직'이라 할 수 있
다.

공룡은 외부 환경변화에 적응하지 못하여 결국 멸종한 동물
이다. 한 때는 거대한 몸집과 강력한 힘으로 지구상의 왕좌로
군림했었다.

우리 공조직도 외형적으로 비대하여, 의사결정과 업무추진
과정에서 비효율적인 면이 상당히 많이 존재한다.

공룡의 교훈에서 보면, 외부자극에 대하여 대응력이 부족하
면, 위기의 원인이 될 수 있다.

개인을 창의적으로 일을 하지 못하게 옥죄어 놓고도, 공룡
조직은 전혀 관심이 없다. 어쩌면 개인은 죽어도 모를 지경
에 있다.
  맹랑한 것은 책임소재도 없다는 것이다.

  공룡조직이 관료화된 것이다.
  이른바, '관료화된 공룡조직'이다.
  사조직 같으면 벌써 도태되었을 것이 자명하다.

  내가 변화에 적응하지 못하고, 무능하니 그만 두어야 하나?
  내가 도태되어야 하나?
  하루에 열두 번 자문한다.

조직사회의 바뀐 우선순위

공직자는 '시민에 대한 봉사자이다.'

이는 우리들의 기본명제임에 틀림없다.

　어차피, 성과와 능력 등에 평가되어 조직원의 순위가 주어
진다면, 그 성과 그 능력도, 시민에 대한 봉사성과, 시민에 대
한 봉사능력으로 가늠되어야 마땅하다.

　또한 조직의 우선순위도 그것으로 되어야 한다.

조직 내부의 평가 잣대나 '짜웅'이나 '거시기'에 의하여 순위
가 결정되면 모순이 발생한다. 이는 기준이나 가치가 명확하
지 않아 '주객전도'라는 말처럼 공직자로서 앞뒤가 바뀐 경우
이거나, 시민에 대한 봉사자임을 종종 망각하는 경우이다.

이제는 개인의 인격과 나라의 국격을 높이기 위해서는 진정
으로, 공직자로서, 품격 있는 가치와 제대로 된 기준으로 바
꾸어 놓을 때입니다. 쉽지 않지만, 지혜를 모읍시다.

인사발령의 묘기와 조직 뒤틀림

형과 아우가 뒤바뀐다.

심지어 아버지와 아들이 뒤바뀐다.

인사발령의 묘기다.

선의의 경쟁에 의한 결과물이라면 이해가 간다.

상식적으로 선뜻 이해가 가지 않는다면, 부작용이 따른다.

조직 뒤틀림 현상이 나타난다.

그동안 형성된 형과 아우의 '우애'가, 아버지와 아들의 '사랑'
이 삭막해 집니다.

서로 심도 있는 대화조차 어렵습니다. 일을 하지 않는다고 힐책을 합니다.

그러니까 그렇다고,

"닭이 먼저냐, 달걀이 먼저냐"

의 문제일 수도 있지만, 당한 자는 일을 할 수가 없답니다.

무엇이 먼저냐?

는 중요하지 않습니다.

묘기 아닌 묘기로 콩가루 집안이 됩니다.

조직은 뒤틀리고 있습니다.

조직의 냉소주의와 우거지상들

'**너**나 잘 해'

'니들끼리 잘 먹고 잘 살어'

'아이구 더러워, 다 똑같애'

인위적으로 만든 관습 · 도덕 · 제도 등을 부정하고, 인간의 본성에 따라 자연스럽게 생활하고픔을 주장하는 것을 '냉소주의' 영어로는 '시니시즘'cynicism이라 한다.

이것은 전염성이 강해 초기에 적극적으로 대응하여야 한다.

그렇지 않으면, 냉소층이 차츰 두터워 진다.

조직 분위기를 보면, 금방 느낄 수 있다.

인상 팍팍 쓰며 구석 한 켠에서 담배를 피우는 사람이 자주 보인다던가, 우거지상으로 돌아다니는, 찌푸린 모습의 조직원이 많다던가,

술의 힘을 빌어 떠드는 자가 많다던가, 이는 썩은 조직이다. 그들은 소외감, 거리감, 무력감, 적대감을 가지고 자기만의 생활을 한다.

이러한 거부심리, 냉소주의를 이해하는 조직 분위기로 만들어, 긍정에너지로 전환시키는 노력과 인간성 회복, 인간관계의 신뢰구축이 절실한 것이다.

본인 동의 없는 장기연수와 유배

공직생활 중 일 년 장기연수 과정이 있다.

어떤 이는 명품교육이라고 손들고 가기도 하고, 어떤 이는 요양 삼아 가기도 한다. 난, 아니었다. 기관장과 따지고 갔다. 사유인 즉, 동의 없이 보냈다고, 적어도, 장기연수는 직장 내외적으로 본인의 여러 가지 복잡한 형편이 있기 때문에, 인사 지침상 동의라는 절차가 있는 데 이를 무시한 것이다. 좌우지간, 정당한 것을 따지다가 찍혔다.

나는 유배, 귀양살이로 생각했다. 사무관 16년차이니 어느 부서에서 오라고 하겠는가? 유배 가보니 전국 108명 중에서 가장 고참이다.

옛날엔 죄가 무거울수록 멀리 보냈다. 수원으로 갔으니 절해고도絶海孤島, 섬은 아니다.

큰 죄는 진 것이 아니로구나!

생각했다.

마음을 추스른다. 역사적으로는 유배지에서 책을 집필하거나, 훌륭한 작품을 많이 썼다. 언뜻, 역사적 인물로는 고산, 추사, 허균, 다산, 허준 등이 그러하다. 그래서 나도 마음먹었다. 인생이모작, 인생 2막이라고 했던가?

내가 겪은 쓰라린 체험을 책으로 토해 내기로 했다 나 같은 후배를 위해서라도. 창작의욕을 불태우고, 억울하게 뒤집어 쓴 누명을 씻어버리자.

유배기간 점심

장기 연수 기간을 유배기간으로 생각하였지만, 이를 긍정의 에너지로 돌리려고, 역사의 인물들처럼 유배지에서 시집과 전문서적을 쓰기로 마음을 되잡곤 했다.

그동안 근무하던 조직사회에서 멀리 떨어져서 이꼴 저꼴 아니 보고, 그나마 마음이 편하리라........

아뿔싸!

날이면 날마다 찾아오는 점심시간의 스트레스, 끼니를 거를 수도 없고, 이유인즉슨, 내가 구청 과장 시절에 부하 직원으로 데리고 있던 자가 한 직급 상위직급인 '서기관'으로 장기연수 와 있었고, 오래 전 구청과의 차석으로 근무할 때 삼석으

로 근무하던 공직후배가 두 계급 상위 직급인 '부이사관'으로
장기연수 와 있지 않은가?

　점심 때마다 피해 다니는 것도 한두 번, 그야말로 환장할
노릇이다.

　사람 두 번 죽이는 꼴이다. 우연 치고는 해도 해도 너무하
다. 그야말로 야속한 운명의 장난이다.

으랏 차! 차! 차!
또 신이 나를 시험하는구나!
이것이 인내력의 한계 테스트인가?
엄청난 내공으로 버텨본다.

사물놀이 중 별달거리 장단으로 힘차게 장구를 쳐봄세.

덩 덩 쿵따 쿵
쿵따 쿵따 쿵따 쿵
쿵따 쿵 쿵따 쿵
쿵따 쿵따 쿵따 쿵

마키아벨리와 권모술수

멍하니 있다가, 엉뚱한 묵상을 한다.

공직 입문 전에 이탈리아의 니콜로 마키아벨리가 쓴 '군주론'을 몇 번 정독을 했어야 하는 후회를 해본다.

'목적, 권력을 위해서는 수단과 방법을 가리지 않는 비열함' 즉 마키아벨리즘을 습득했어야 하건만, 그렇지 못하니 뒤통수 맞기 일쑤다.

때로는 배신하고, 때로는 잔인하기도 하고, 상황이 달라지면 잽싸게 임기응변, 권모술수, 음모를 써서라도 목적을 이루고, 그에 대한 대가로 칭송이나 추앙받는 이 시대가 아닌가?

마키아벨리도 14년 동안 피렌체의 공직생활을 했다고 한다.

그가 주는 메시지는 '할 수 있다면 착해져라, 하지만 필요할 때는 주저 없이 사악해져라 '^^^' 더 큰 도덕을 위한 부도덕'이란다. 이것 또한 공직에서 습득한 것일게다.

한 때 교황청의 금서로 지정된 '군주론'이지만, 처세에 약한 나로서는 바이블일 수도 있다. 좋게 해석하면 남의 약점을 활용하고, 여우의 간지와 사자의 용맹을 아우르는 융통성이 아닌가?

인간은 기만의 동물인 것이다.

초고속 승진과 폐해

"빨리 가려면 혼자 가고,
멀리 가려면 함께 가라"는 아프리카 속담이 있다."
"If you want to go fast, go alone.
If you want to go far, go together."

몇몇 초고속 승진자 때문에 민심이 아닌 공심이 흐려진다.

족벌체제, 재벌체제도 아닌 데, 소수 귀족세력이 나타나 조직의 불안정과 조직의 문란 등 폐해가 생긴다. '함께 가지 못하는' 민선의 병폐일 수도 있다.

이제 냉철히 인식해서 바람직한 방향으로 인사제도를 수술할 때이다. 그래야 공직풍토가 획기적으로 개선될 것이다. 인사의 본질은 순탄하게 '함께 가는' 것이다.

> *"너희 가운데*
> *죄 없는 자가 먼저 돌로 쳐라"*

의 시사점처럼 인간은 모두 죄인이다.

조직의 통발을 뛰어 넘는 초고속 승진자가 오히려 목민관이 아닌, 더 큰 죄인일 수도 있고, 조직의 암적 존재일 수도 있다.

청문회와 검증시스템

우리나라에도 2000년부터 인사청문회가 도입되고, 일부 개정하여 지금까지 시행되고 있다. TV에서 생중계하는 것을 보면, 학력 · 경력 · 병력 · 재력 · 세금납부 · 범죄사항, 각종 특혜사항 등 고위공직자와 친인척, 주변 인물들에 대한 것들이 적나라하게 공개되고 있다. 그들의 업무능력과 도덕적 자질을 사전에 알아보고, 부실인사를 막기 위함이다.

인사청문회라는 도마 위에 올려놓기 전에 제대로 검증이 되지 않았을 때는 일하기도 전에 만신창이가 돼서 물러 나가기도 한다. 나는 TV를 보면서 늘 부정적으로 생각했었다.

기성세대에게도, 자라나는 세대에게도 긍정적인 면보다는 부정적인 면이 더 크다고 생각되었기 때문이다.

언뜻, 문제점들을 보완하여 지방자치단체에 맞게 도입하면 어떨까?

하는 착상을 했다. 집행부와 의회가 공동으로 가칭 '인사검증 특별위원회'를 구성하고 / 공개보다는 비밀원칙으로 / 정확한 인사기준과 검증시스템을 갖춰서, 해보면 지금보다는 나을까?

하는 개인적인 생각이다.

시·도지사가 명확한 판단자료를 가지고 인사를 해야 마땅한 것이다. 현실적으로 지방의 인사 검증시스템은 너무 열악하여, 인사권자가 당사자를 잘 모르는 상태에서, 부분적 해석과 일부 측근의 모함 등으로 '여론몰이식' 인사가능성도 배제할 수 없는 실정이다. 절차만 복잡한 주먹구구식 시스템이다.

의리, 싸나이, 자존심, 역사의 순수함을 믿고

*태*생적으로 타고난 성품이나 성격이 있다.
살아가면서 고치기가 용이하지는 않다.

의리를 중요시하고, 진정한 싸나이가 무엇인지를 생각하고,
자신의 품위를 지키고자 자존심이 세고, '역사는 진실을 밝힌
다'라는 역사의 순수함을 믿고 변명도 하지 않는다.

말을 앞서지 아니하고 행동으로 실천하고 ....
멋지고 폼나게 살려고 노력하고 ....
남이 힘들면 도와주고 ....

불의와 타협하지 아니하고 ....
마땅히 인간의 도리를 지키고 ......
남이 몰라준다고 화내지 아니하고 ....
군자처럼 행동하려고 노력하고 ....
싸구려 취급당하기 싫어하고 ....

하온데,
우리 조직에서는 이분법 잣대로 고집 세고, 싸가지 없는 인간
으로 폄하하는 듯하다. 엄연한 개성인데 말이다.
오호통재라, 오늘도 당당한 인격체로 살기를 희망한다.

경쟁자의 본심

본심의 사전적 의미는 '꾸밈이나 거짓이 없는 참마음'이다. 결론부터 말하면 '승진경쟁자의 본심은 없더라' 입니다.

본인이 살아남고, 앞서 나가기 위해서는 허위 · 가식 · 거짓으로 상대방을 깔아뭉개야 된다. 그런 일터라면, 경쟁자가 없는 블루오션blue ocean를 찾아 보고 싶고, '본심탐지기'나 '본심체크기' 등을 개발해서 활용하고 싶은 심정이다.

불교 선종에서는 본성, 본심을 찾는 일을 '소를 찾는' 것에
비유한다. 그래서 사찰에서 흔히 접할 수 있는 그림으로 심
우도尋牛圖가 있다.

우리도 자기 본래의 마음, 소를 찾으면 서로 평안하고 참으
로 재미있는 일터가 될 수 있을 텐데........

친구의 조언, 아부와 모태아부

*선*천적으로 상사에게 알랑거리지 못한다.

적절한 아부는 필요한 스킬의 하나요, 전략적인 칭찬이요, 사회생활의 윤활유요, 생존전략인 것이다.

아부를 강요하는 조직이 많고, 아부를 강요하는 상사도 있습니다. 농담이지만, 아부법전에는 걸려도, 들켜도 처벌이 없습니다.

어느 날 친구와 쐬주 먹던 중,

"나도 아부 좀 할까, 아부와 권력은 통한다니까"

하니까?

친구 왈,

**"너는 안 돼, 그것도 하던 사람이나 하는 거야,
니가 엄마 뱃속에서부터 '모태아부'를 익혀서 나왔어야지"**

한다. 나에게는 명언으로 들렸다.

그래도 싸나이 체면에 '상분지도'嘗糞之徒라는 말처럼 남의 똥을 핥아먹는다든가, 간에 붙었다 쓸개에 붙었다 해서는 되겠는가?

남의 얘기를 귀담아, 자화상 관조

고쳐야 할 점으로는

- 술을 자주 많이 먹어, 실수의 여지가 있다.
- 농담이 진해서, 오해를 받을 수 있다.
- 아래 직원에는 잘 하는 데, 윗사람에게 아부를 못한다.
- 카리스마는 있으나, 웃음과 칭찬이 부족하다.
- 말을 안 하고 가만있으면, 화난 듯 보인다.
- 재치는 있으나 말을 함부로 해서, 버르장머리 없어 보인다.
- 성격이 융통성이 없고 직선적이어서, 손해를 많이 본다.

으쓱해야 할 점으로는

- 손이 따뜻하니, 가슴이 따뜻할 것 같다.
- 손해를 감내하고 일을 추진하는 것을 보니, 영혼이 맑은 사람이다.
- 관상이 좋아 공직에 높은 자리까지 오를 상이다.
- 인간적이고, 어려운 사람 입장에서 대변한다.
- 머리 회전이 빠르고, 추진력이 있다.
- 유머스럽고 모든 일에 열정적이다.
- 검소하고 소탈하며 서민적이다.

결론적으로는

자화상을 관조해 보니, 아부를 못해, 승진에서 누락됨.

나의 시호, 야우 / 밤비

*비*오는 날이면 마음이 차분해진다.

그래서 시상도 떠오른다. 어느 날부터인가 간헐적으로 재미 삼아 시를 썼다. 물론 습작 정도다. 밤에 비가 오길래, 시호를 야우 또는 밤비로 정했다.

사무관 10년차부터는 가끔 읊어댔다. 요새는 자주 읊는다.

괴로움의 산물인가보다. 시풍도 그렇게 변한다. 이참에 시 집을 만들 생각을 해본다.

또한, '음주오행'도 즐긴다. 횟수가 는다.

막걸리와 파전 / 쐬주와 순대 / 맥주와 노가리 / 와인과 샤브샤브 / 양주와 햄, 치즈를 가리지 않는다. 스포츠의 만능선수, 올라운드플레이어처럼 내친김에, 사자성어도 지어 봤다.

'우중필주', 비가 오는 날에는 반드시 술을 즐겨야 한다. 제법 운치가 있고 그럴싸하다. 내 마음을 함축하고 있다. 나중에 사전에 등록되기를 ...

♣ **주** : 음주오행飮酒五行과 우중필주雨中必酒는 제가 그냥 만든 신조어이오니, 오해 없으시길

보너스
꼬르달리cordalie : 와인 여운의 길이를 수치화하는 측정 단위. 20 꼬르달리 이상의 긴 여운이 있는 와인이 좋은 와인임.

가면과 가식으로

정신적으로 다수의 사람을 적대시 하고, 거리감을 두다 보면 모든 행동이나 의사표시가 가면과 가식으로 일관되어진 다.

웃고 있어도 '웃는 가면' 쓴 것과 다름없고, 미소를 지어도 '썩은 미소'이다.

상대방이 어떤 칭찬과 친절로 살갑게
다가와도 가면과 가식으로 느껴진다.

가타부타 시시콜콜하게 따지기도 싫어지고, 때론 무감정, 무표정으로 자기를 숨긴다.

자기 방어적으로 두꺼운 가면을 쓰게 되고, 순간모면적인 말이나 행동을 일삼게 된다.

언제 식사 한 번, 술 한 잔 합시다

청사 내외에서 예고 없이 만나고, 부딪히는 공직자들이 경우가 종종 있다.

난 아무 말도 하지 않았는데, '언제 식사 한번 하죠' 또는 '언제 술 한 잔 합시다' 라고 한다.

이젠 그런 소리에 알레르기 반응이 나타난다.

날 위로한다는 품새가 그러하다.

그걸로 끝이다. 말장난인 것이다.

이제는 안 믿는다. 속으로 되뇐다.

구라는 치지 말았으면, 뻥은 까지 말았으면, 노가리는 풀지
말았으면, 공갈을 일삼지 말았으면,

나름대로 분석을 해본다.

내가 끗발이 없어져서, 약속 우선순위에서 한참 밀려있는
것이요.

나와 술이랑 밥이랑 할 필요가치가 없어진 것이요.

그네들의 관심 밖에 있는 것이다.

그래서 나를 두어 번 엿 먹이는 것이다.

체험39

보물단지 아닌 불만단지, 화수분

화수분의 사전적 의미는 재물이 계속 나오는 보물단지, 그 안에 물건을 담아 두면 끝없이 새끼를 쳐, 그 내용물이 줄어들지 않는다는 단지이다. 마르지 않는 샘, 보배의 단지, 꿀단지, 사막의 오아시스인 것이다.

어렸을 때, 그런 단지가 나에게 있었으면 얼마나 좋을까 하는 생각을 했었다. 내가 성인이 되고, 오십 중반이 된 지금 화수분이 나에게 생겼다.

아뿔싸!
이럴 수가!!

보물단지가 아닌 불만단지인 것이다.
꿀단지가 아닌 애물단지인 것이다.

조직에 대한 불만, 인사제도에 대한 불만, 인사발령에 대한
불만 등이 끊임없이 생기는 것이다.

이 불만의 단지
이 고통의 굴레에서
하루빨리 벗어나자.

'마음을 비우면, 모두 천국'이라고
그 누가 말씀했던가요.

친구, 모임, 직장동료 등 주위의 눈초리

본의 아니게, 같은 계급장을 오래 오래 달다보니 주위의
눈초리에 육신이 지치고 마음이 상한다.
한심한 듯...
나에게 엄청난 문제가 있는 듯...

친구들도 다양하게 자주 만났고, 분위기도 이끌었는데 ...
모임도 주도적으로 만들고, 참석률도 좋았는데 ...
직장동료, 후배들과 사이가 괜찮았는데 ...

그 따가운 눈초리에 모든 게 뒤틀리고, 그 이상한 눈초리에 명함 내민 지 오래다. 그런 연유로 만남의 횟수가 줄어들고, 넉넉하고 여유로웠던 마음이 답답해지고, 운신의 폭이 좁아진다.

아예, 그 눈초리를 무시하고, 내가 열정을 보일 수 있는 새로운 세상을 찾자, 쉽진 않지만 그것이 살 길이다.

너 안 보이길래, '땡땡' 한 줄 알았다

어느 날 나를 비교적 잘 아는 친구가 쐬주 마시다가 나에게 끔찍한 말을 던졌다. '너 요즘 안 보이길래 자살한 줄 알았다.'

아무리 승진트라우마로 시달리지만, 난 낙천적인 성격이고, 요즘 새로운 가치를 찾고 행동으로 옮기는 중이라고 했다. 자살충동은 이제까지 한 번도 느낀 적도 없었다. 자살이란 용어는 입에 담기도 싫어한다. 책을 내면서 할 수 없이 쓴다.

그래서 '땡땡'으로 표현하겠다. 삶의 종착역인 '땡땡'을 하는 것은 생명 창조자에 대한 도전이요. 부모 · 형제 · 자식에 대한 배신행위이요. 내 지인들에게 실망감을 던져주는 것이다. '땡땡'은 창조자 · 부모 · 형제 · 자식 · 지인에게 반드시 동의를 받아야 하는 행위인 것이다.

친구가 나에 대한 깊은 연민으로 나에게 가볍게 던진 말로 치부했지만, 내심 많이 씁쓸했다. 여생을 가치 있는 삶으로 꿋꿋하게 버텨서, 행복한 삶을 영위하도록 각고의 노력을 기울여야 하겠다.

그만둔다는 소리, 그만해라

직장을 그만두고 싶은 생각이 절정에 다다랐을 때,
친구가 나에게 던진 말이다.

'그만둔다는 소리, 그만해라.'
그만두는 것은 너무 힘들어서 끝내자는 것이다.
그 직장 다니는 것을 그만하자는 것이다.

그 직장이 그만그만하면,
그만둘 것이 아니라 잘 다녀야 한다.
다니기 싫으면, 그만두어야 할텐데 …

하도 어렵고 심란해서 말장난 해봤다.
잡소리, 잡생각 그만하고, 거시기하면서 살자.
거시기는 귀신도 모르니까.

하던 것, 다니던 곳을 그만두는 것은
친구도 듣기 싫은 것이니까, 그만하자.

보너스
 그만하고, 잠시 쉬어갑니다; 춘향이가 그네터에서 이몽룡에게
한 말로 스트레스 풀어유 ^^^ 기러기는 바다를 따라가고, 나비
는 꽃을 따라 가고, 게는 구멍을 따라 간다.
안수해, 접수화, 해수혈雁隨海, 蝶隨花, 蟹隨穴

보신, 복지부동, 눈치, 한껀

공직사회를 부정적으로 말할 때, 보신주의, 무사안일, 복지부동, 적당주의, 선례답습, 문서주의, 한껀주의, 한탕주의, 지나친 보고, 비효율적 회의 등등이 있다.

도전은 하지 않고 벤치마킹으로 급급하고, 눈치를 보거나 한껀 해놓고 후속타가 없다. 이는 과도한 규제나 지나친 감사도 한 몫 한다.

고기를 잡는 사람보다 어떤 종류의 고기를 몇 마리 낚았는지 보고하려는 사람이 더 많은 정도다. 회의나 보고에 치중하는 경우가 많다.

무사안일은 신분보장 · 모험기피 · 낮은 동기부여 · 능력과 전문성 부족 등에서 일어난다. 어지간해서 잘 움직이지 않는다. 이것들이 공직사회 실상이다.

한껀주의의 대표적 예로는 양해각서 체결이다.
흔히, MOUmemorandum of understanding라고 한다.
양해각서란 갑을 서로에게 일정기간 우선협상권을 부여한다는 약속이다.

신의성실의 원칙으로 진행되어야 하나, 국내의 양해각서는 법률적 구속력이 없는 바, 공직자의 한껀으로 남발하는 경향이 있다.

언론플레이 한 번하고, 기관장에게 '우리 일 합니다' 시위 한번 해보고, 그 다음 진척사항은 없다.
막말로 근평만 챙기고,

바 - 이, 바 - 이 ...

우리 모두 반성합시다.

공직자에게 심리적 안정과 창의적 능력을 발휘하게끔 하고, 공정한 대우와 공정한 기회를 받을 수 있는 제도개선이 시급합니다.

엉뚱한 위로들

상대를 제대로 위로하기 위해서는
느끼고, 겪고, 보듬고, 껴안으면서
진정성을 보여야 한다.

질문과 충고보다는 경청과 관심을
가져야만, 괴로움을 겪는 사람에게
그나마 보탬이 된다.

　작금의 공직사회, 계급사회 등 경쟁사회에서는 그러하지 아
니하고, 위로 받는 사람 중심보다는 위로 하는 사람 중심으로
하는 게 대부분이다.

상사 편의주의적, 상사 보신주의적, 상사 출세지향적으로
엉뚱한 위로를 저질러, 또 다시 상처를 받게 된다.
두 번 죽이는 꼴이 된다.

예컨대,

"그건 그렇고, 결국은 본인을 위해 다니는 것 아니냐"
"그것은 과거 얘기고, 앞으로 잘 해 봐요"

등 등 등.

그나마 낙천적인 성격 때문에

사람이 막다른 골목 같은 절박함으로 치달으면, 탈출구를 생각한다. 이럴 땐 비관적 · 염세적인 사고보다는 낙천적 · 긍정적인 사고가 도움이 된다.

작금은 조직 내에서 생긴 '승진트라우마'로 마음고생이 많다. 그나마 낙천적인 성격 때문에, 조직 밖에서의 생활은 새로운 인간관계를 형성하고, 의도적으로 농담 / 유머 / 위트 / 개그 / 능숙한 언변 / 헛소리 등을 일삼는다.

살기 위한 방편으로 마음을 비우고, 마음을 달래고, 마음을 편하게 하려고 노력한다. 제3편 적극적인 마음 고르기에서 소개하겠지만, '억지웃음 반복훈련'도 일례입니다.

트라우마 전문가도 아닌 제가 쓰지도 않는 용어, 문구를 감히 만들어 본다면, 조직 내에서의 '인트라우마'IN-trauma는 어쩔 수 없어도, 조직 밖에서의 '아웃트라우마'Out-trauma는 스스로 이겨내자, 트라우마를 세분한 것이다. 의기소침 하지 말고, 세상일은 새옹지마이니까 말이다.

옛날, 모 방송국 프로그램인 '개그콘서트'에서 한 개그맨이,

"그 - 까짓 것 뭐 대 ~ 충"

했듯이 '그까짓 것' 하면서 말이다. 엉클어지고, 헝클어진 마음을 치유해야 하니까.

주酒, 위대한 유산

우리 조상들은 한을 달래거나, 흥이 나면, 술을 마셨다. 한의 민족이요, 아울러 흥의 민족이기도 하다.

술은 일상의 괴로움을 일시적으로 잊게 하고, 술이 거나해 지면 주흥을 즐기고 산수를 가까이 하면서 풍월을 읊기도 한 다.

나도 그들의 후손인지라, 철저하게 왕따 당한 후에는 술을 더욱 즐긴다.

그러나 내일이 있기 때문에 곤드레만드레 만취는 내가 봐 도 꼴상 사나워 되도록 삼간다.

이 대목에서 송강 정철님의 '장진주사'將進酒辭와 시인묵
객들이 애송하던 오언절구 한시 한 토막씩 소개해 본다. 외
우고 있는 부분만 읊어 본다.

술 한 잔 먹세 그려 또 한잔 먹세 그려
꽃가지 꺾어 잔 수 세며 끊임없이 먹세 그려

세상일은 석자 거문고에 실러 보내고世上琴三尺
인생은 한잔 술로 달래 보자구요生涯酒一杯

술은 동서고금을 총망라, 분명 위대한 유산이다.
우리 조상에게는 더 그런 듯하다. 나에게도 그렇다.

발렌타인 17년산과 건배제의

명품 양주 위스키whisky에는 발렌타인, 로얄샬루트, 시바스리갈, 조니워커 등이 있다.

외국 여행을 할 때, 공항 면세점 선물로 인기 품목이다.

발렌타인 위스키 종류에는 17년산 · 21년산 · 30년산 등이 있다. 향이 좋고, '발렌타인 데이' 등 명칭 · 상호도 한 몫 하여 우리나라 사람에게 인기가 높다.

어느 날 우리**과** · 우리**계** 차석이 사무관 승진하여 구청 과장급으로 발령이 나서, 어쩔 수 없이 회식자리에 참석했다.

좌장격인 과장이 축하주로 '발렌타인 17년산'을 가져왔다.

일배 이배 삼배 하면서 축하하는 말이나 건배제의가 이어졌
다.

내 차례다.

준비하지 않은 건배사를 해야 한다. 언뜻 그 술병에서 숫자
17을 보았다. 주인공에겐 대충 축하한다고 얘기하고, 난 17
년 전 사무관인데요.

발렌타인 17년과 사무관 17년을 위하여!!!

그냥 좌중을 웃겨주었다. 참으로 인생이 허허롭다.

'개눈에는 똥만 보인다'

라는 속담이 있다.

트라우마 환자에게는 심리적 외상으로 그렇게 보인다.

트라우마로 인한 전쟁과 사랑

동물세계에서는 수컷에게 암컷이 필요하다. 인간도 동물이다. 그래야 유순해지고 '답게' 살 수 있다.

승진에서 여러 번 미끌어지다 보니, 여기저기에서 무시당함 현상이 나타난다. 조직에서도...

친구에게도...
가정에서도...
이성에게도...

그러다보면, 좌절·버림·상처 등 정신적인 피폐는 물론, 극한 외로움 현상도 수반된다. 수컷에게는 강한 육체적 외로움도 존재한다.

체험컨대,

"남자의 외로움은 여자의 질투보다 강하다."

무시 등 트라우마로 인한, 전쟁 같은 홍역을 일정기간 겪고 나면, 그 외로움을 이기기 위한 자기본능의 생존전략으로 발현된다. 목마름에 대한 해갈욕구 현상 일게다.

난, 그렇게 왕따 당할 사람이 아니라고 …
난, 그렇게 능력 없는 사람이 아니라고 …

씻어내려고, 걷어내려고, 몸부림치다 보면, 전쟁에 대한 대가로 새로운 사랑이 피어난다.
가뭄 속에 단비처럼 …
우담바라처럼 …

가정불화, 이혼, 절교 등 사회적 차단

　건강한 가정의 중요성은 두말할 나위없다. 가장으로서 가족 간의 유대와 소통은 필요하다. 장기간 트라우마로 인한 불통이 이어지면, 아무리 낙천적인 성격이라도 순간적으로 '욱' 하기 마련이다. 그러다보면 가정불화로 이어지고, 심하면 이혼까지 가기도 한다. 남편에 대한 절대헌신이 없는 요즈음은 더욱더 그러하다. 남편이 과장이면, 마누라는 국장이 되었어야 한다.

　친구들도 유유상종인 것이다. 깔보기 시작한다. 자존심 상한다. 안 만나게 된다.

예컨대, 청소년에게 술을 팔거나, 술집에 고용하면, 처벌은 물론 불법으로 사회적 차단 등 불이익을 받게 된다.

그런데, 불법을 저지른 것도 아닌 데, 장기간 미승진자는 이런저런 사유로 사회적 차단을 겪게 된다. 참으로 억울한데, 호소할 길이 없는 게 현실이다.

외로울 때 찾아드는 사탄

왕따 당하고 트라우마로 외로울 때면, 딴짓거리를 하게 됩니다. 그럴 때 찾아오는 것이 사탄satan입니다. 악마, 귀신, 괴물이라고 하는 검은 그림자로 나타나죠.

그는 천사와 같이 보이기도 하고, 날개도 천사와 똑같이 보입니다.

나도 두어 번 당했습니다.
'목돈 만들어 줄테니 돈을 꿔 달라고'
'좋은 일이 있으니 같이 투자하자고'

이른바, '귀신 들린다' '귀신 씌운다'라고 하는 일종의 입마현
상으로 헛것이요. 허깨비로 보이는 정신적 이상증세입니다.
이 귀신, 악마를 쫓아내야만 합니다. 퇴마, 엑소시즘exocism
을 해야 합니다.

그러고 보면, 억지춘향 격이지만, 트라우마魔도 魔네요.
이 번뇌의 악마惡魔를 퇴마退魔합시다. 스스로가 퇴마사가
될 훈련을 해야 합니다.

흐르는 물은 썩지 않고, 동물은 병에 걸리지 않는 데서 비
롯된 오금희 수련법이라도 해 볼까요?
다섯 짐승, 호랑이 · 곰 · 원숭이 · 사슴 · 새의 형태로 폼 잡
으면서 심신수련합시다. 기혈을 순조롭게 하여 다시는 사탄에
게 당하지 맙시다.

떨어진 원숭이, 낙선자, 미승진자

평생 재주부리며, 이 나무 저 나무 능숙하게 옮겨 다니는 원숭이도 나무에서 떨어지는 경우가 있다. 그와 관련하여 들은 얘기를 소개해보면,

"원숭이는 나무에서 떨어져도 원숭이다.
그러나 정치인은 선거에 떨어지면 사람이 아니다."

원숭이는 또 나무에 올라갈 수 있지만, 낙선자는 그만큼 심적 타격이 크다는 얘기일 게다.

내 생각이다. 이해는 가지만, 정치인은 패배를 확인·분석
하여 권토중래하면 되는 것이다. 영원한 패배자는 아닌 것이
다.

계급사회에서 장기적으로 승진에서 떨어지면 사람이 아니
다. 낙선자보다 더 하면 더 했지, 덜 하지는 않다. 회복이 안
된다. 영원한 패배자로 전락한다. 요즘 유행어로 **'멘붕상태'**의
연속이다.
　패닉상태 / 공황상태 / 인생환멸을 느끼는 것이다.

차라리 징계라는 핑곗거리를 만들까

어느 날 사회 지인, 그 누가 날 보더니 한심한 듯이 사무관 몇 년 째 되느냐고 물었다. 장황설 늘어놓아봤자, 이해가 가지 않을 것 같아서 애를 먹었다. 답변이 궁색하고, 핑곗거리가 없다. 반찬을 하려면 반찬거리가 있어야 하고, 무얼 먹으려면 먹거리가 있어야 한다.

그 지인도 답답한 모양이다. 모 시장 아는 데, 모 국장 아는 데, 모 의원 아는 데, 객기 아닌 객기 부린다.

"고맙지만, 그만 두세요"

라고 오히려 여러 번 부탁했다. 그들 중에는 내가 똑똑한 사람인 줄 아는 사람이 많다. 서른 후반부터 지역사령관 격인, 동장을 여러 번 했으니까.

공직에서 일을 잘못하거나, 벌 받을 짓을 하면 '징계'라는 불이익을 주는 인사제도가 있다. 차라리 징계라도 받으면 물음에 대한 답변으로, 깔끔한 핑곗거리로 만들 수 있지 않나, 많은 생각을 하게 했다.

엄정한 감사관 생활 6년과 피감사자 자신

공직 30년 동안 시청, 구청 감사관 생활을 6년 남짓 했다. 피감사기관의 감사할 분야에 대하여 사전에 미리 공부하고, 정보를 파악 한 다음 '좌견천리 입견만리' 같이 엄청난 실력이 있는 척하며, 똑똑한 척하면서, 남의 서류를 자세히 들여다보고, 현장 확인을 하여 잘못된 점, 고칠 점, 개선할 점을 찾아내곤 했다.

그 결과에 대하여는, 피감사자에 대하여 징계 · 훈계 등 그에 상응한 처벌과 인사상 불이익을 주곤 했다. 잘한 것에 대하여는 표창상신도 했다. 이름 하여 명감사관인 척했었다.

이제와 생각하니 웃긴다. 옛날 저에게 감사받은 분들께 미안할 따름이다. 요즘, 내 자신 행태를 보면, '똥 묻은 개가 겨묻은 개를 나무란다'는 꼴이다. 지금, 피감사자 입장에서 감사를 받는다면, 책잡힐 것이 너무도 많다.

이제는 속빈강정, 귀동냥 눈동냥 한 것을 가지고, 너무 나불대어꾸나. 소크라테스의 '무지의 지'無知의 知를 다시 한 번 생각케 한다.

체념, 그리고 소신, 그것마저도

공직의 꽃이라고 하는 승진을 체념하고, 남은 공직 생활을 소신껏 하기로 굳은 결심을 했었다.

맨 하급 관청인 동사무소 동장으로 가서, 주민의 봉사자로서 실력발휘 하는 것이 지금같이 일을 못할 수밖에 없고, 안할 수밖에 없는 자괴감보다 떳떳하고, 무엇보다도 내 건강에 좋다고 생각했기 때문이다. 과거에 동장으로서 화려한 경력도 있고 말입니다.

'소극적 의미의 승진체념'이 아니라, '적극적 의미의 승진체념'인 것이다. 현실도피가 아니라 적극적 참여요, 희망을 버리는 것이 아니라 희망을 찾으려는 안간힘인 것이다.

그 작업을 확실하게 하기 위하여 몸 담고 있는 시청과 가고자 하는 구청의 인사부서 실무자에게 의사표시를 분명하게 해 놓았다. 보통 사람과는 다르게 거꾸로, 밑으로 가는 인사작업을 한 것이다.

이런, 우라질, 젠장, 고추장, 쌈장, 그것마저도 생각대로 되질 않았다. 이유인즉슨, 너무 고참이라, 하급관청에서 안 받는 듯했다. 그것도 날 잘 알만한 사람이 반대한 것이다. 아는 놈이 더 무섭다.

그래서 즉각 최고 우두머리께 항의했다. 따졌다. 뻔하다. 또 찍혔다. 우리 조직 생리상 중간참모들하고 따져 봤자다. 참모들은 거시기하면, 우두머리에게 은근슬쩍 책임전가하는 전문가요. 소신도 없고 책임도 질려고 하지 않기 때문이다.

고로, 난 찍혀도 그 길을 택할 수밖에 없었다.

미성년 학생 왕따와 성년 가장 왕따의 차이

학교와 학교주변에서 따돌림 즉, 왕따를 당해서 어려움을 겪는 청소년들이 꽤 있다. 더 잘못되어 가출이나 자살충동 등 나쁘게 진행된 사례가 종종 있다. 이런 때에는 사회적 이슈 issue로 대두되어 학교, 사회, 언론에서 관심을 가지거나, 전문기관에서 상담을 해주는 등 도움의 손길을 주기도 한다.

깊이 연구는 하지 않았지만, 주변을 돌아 볼 때 성년 가장 왕따의 경우는 미성년 학생 왕따보다는 몇 배 힘듭니다. 자식이 있고, 가정이 있는 한 집안의 소득원인 가장이 직장으로부터 왕따를 당하고 잘못되었을 때에는 매우 심각해진다.

그럼에도 불구하고, 이에 대한 전문적으로 상담역할을 하는 상담사나 이를 보듬어 주는 제도적 장치가 거의 없다. 큰 조직, 공룡조직일수록 성년 가장 왕따 사례는 너무도 많고, 잘 드러나지 않지만 잘못된 사례도 왕왕 본다. 안타까울 따름이다. 내가 '승진트라우마'에 대하여 책을 쓰는 이유 중의 하나이기도 하다.

　이제는 말할 수 있다.

　　　"공룡조직에는 왕따 상담하는 전문가가 있어야 한다."

라고.

젊다고 엄청 부려먹고서

공직 시작할 때부터, 나를 조직 내에서 젊다고 엄청 부려먹었다. 그런데도 불평 없이 신나게 일했던 기억이 난다.

*1983*년, 대전 대화동사무소가 오정동사무소에서 분동되어, 첫 문을 열고 업무를 개시하였다. 공직 1일차부터 내가 내 서류를 쌩짜배기로 만들어 업무에 임했다. 지금 생각하면 그런 인사를 하면 안 된다는 게 지금까지의 나의 소신이다. 전화 받을 줄도 모르는 새내기요. 행정선례도 모르기 때문에 시행착오의 연속이었을 것은 자명한 사실이다. 노력으로 단시간 내 버티고 일어섰던 기억이 난다.

*1988*년, 전국적으로 시·구에 '가정복지과'가 탄생되어 업무를 개시하였다. 나는 동사무소에서 구청으로 발령되는 첫 날, 그 곳에 가서 조달청에서 구입한 새로운 캐비넷부터 날랐다.

*1990*년, '토지공개념'의 도입으로 전국적으로 시·구에 '토지관리과'가 탄생되어 업무를 개시하였다. 나는 시청에서 잠시 근무하다가 공직 시작한 이래 처음 승진하면서 구청 그 과에 발령 받음과 동시에, 새로운 가건물에서 책상부터 날르면서 업무를 시작했다.

*1995*년, 지방자치가 전면 시행되면서 '자치'자가 붙은 '자치행정계장'으로 발령받아 그야말로 광범위한 행정업무를 신나게 일했었다.

*1999*년, 전국적으로 동사무소가 '주민자치센터'개념으로 바뀔 즈음 나는 시범동으로 배치받아, 갖은 아이디어로 이것저것 창조해냄으로서 시범동 가운데 시범동으로 타 지역에서까지 벤치마킹하러 온 기억이 난다.

*2005*년, '서구발전기획단장'으로 배치 발령받아 그야말로 발전적인 시책을 많이 구상해본 적이 있다.

*2006*년, '혁신'을 강조하는 새로운 정부가 들어와서, 나는 구청의 '혁신분권담당관'의 보직을 받고, 혁신적인 일을 많이 저지르려고 노력했었다.

이제와 돌이켜보면, 나이가 비교적 젊다고, 처음 생긴 기관·부서, 업무에 발령하여, 엄청 부려 먹었다. 궂은 일 다했다. 그리고 오늘날 토사구팽兎死狗烹 당했다. 왠지 헌신짝처럼 팽烹당한 느낌이다.

올라가는 것은 내공 뿐

모든 것이 떨어진다.

> *승진대상에서 …*
> *건강이 …*
> *친구가 …*
> *인기가 …*
> *용돈이 …*
> *인격이 …*

하나는 올라가야 산다. 내공內攻이다.

힘의 원천이자, 체내에 응축된 기의 흐름인 내공을 끌어 올리자. 웬만한 일에는 꿈적도 아니하도록 내공을 쌓자. 마음수련 뿐이다.

버티다 보면, 쌓이고 올라간다. 내공은 저수지에 가둔 물과 같아서 지속적으로 보충하지 않으면 고갈된다.

제하 3치, 즉 배꼽아래 9센티미터 부위의 하단전에 힘과 기를 가두어 놓고, 필요할 때 발출하고, 유용하게 배출합시다.

묵 언 정 진

강산도 변한다는 10년이 지나고, 11년, 12년, 13년, 14년, 15년, 16년, 17년 째 직급은 변하지 않았다.

할 말을 잊었다.
누가 동료인지.
누가 상급자인지.
누가 하급자인지 알고 싶지 않다.

책상 위 기구표, 조직도, 전화번호부는 없거나, 옛날 직원이 쓰던 거 그대로다.

신경 쓰는 거 '이꼬르"이퀄'equal 스트레스, 트라우마이기 때문이다.

달마대사는 아니지만, 묵언수행 / 묵언정진이 최고의 할 일이다. 말함으로서 또 다른 죄업을 짓지 아니하고, 스스로의 마음을 정화해보려는 것이다.

무심의 걸음걸이

사람은 뒷모습이 아름다워야 하고, 걸음걸이가 씩씩하고 당당한 걸음걸이, 자연스럽고 건강한 걸음걸이가 보기도 좋다.

뒤 꼭지만 봐도 누구인지 알고 반가워야 하는 데, 괜시리 누가 힐끔힐끔 쳐다보고 손가락질 하는 것 같고, 갑작스레 다가와서 빈정거릴 것 같은 현상이 나타나 께름칙한 적이 몇 번 있었다. 요즘 현상이다.

트라우마 현상에서 오는 자격지심이라고 생각한다.

'아이는 부모의 뒤꼭지를 보고 자란다'라는 말이 있다. 그만큼 무의식적인 행동습관도 남의 본보기가 되어야 한다.

스스로 출·퇴근할 때의 걸음걸이를 정리해봤다. 양발이 11자가 되도록 / 양쪽 무릎 사이로 스치듯 / 걷기운동 삼아 좀 빠른 듯 / 무심無心의 걸음걸이로 / 별개 다 신경 쓰이게 하는구료.

시청 2층 로비의 큰북

내가 아침 출근 코스로 정하고 지나치는 곳 중, 시청 2층 로비 한가운데에는 큰북이 놓여 있다. 그 큰북이 조선 초기에 백성들의 억울한 일을 직접 해결하여 줄 목적으로 대궐 밖에 달아 놓았던 '신문고'申聞鼓처럼 연상되어, 그 신문고를 지나야만 하루를 버틸 수 있다.

마음속 생긴 억울한 '트라우마'를 조금이나마 두드리고 가는 것이다.
물론 해결될 일은 아니다.

개인적으로, 때론 집단으로 뭉쳐서, 쓰잘 데 없는 일로, 엄청나게 바쁜 척 하고 있기 때문이요. 서로 마음을 닫고 있기 때문입니다.

외로움 표출, 새로운 인맥 찾기

사람이 싫어지면, 애완동물을 키워 그에 대한 보상을 받기도 하고, 극단적인 경쟁과 비인간적인 삶의 행태에 염증을 느끼고, 자연에 눈을 돌리고 애착을 가져본다.

'자연과 공생하는 인간'인 호모심비우스homo symbious를 지향함으로서, 다른 생물과 공존하고, 모르는 사람과 평화롭게 공생하는 등 새로운 맥을 찾고, 만물의 영장인 인간도 경쟁을 해야 발전하는 것이 아니라, 공생하는 것이 더욱 더 발전을 이룩하는 것을 깨우치는 것이다.

타인과의 공생, 자연과의 공생, 경쟁 아닌 공생, 이제는 공생이 새로운 패러다임이요, 새로운 맥이요, 새로운 화두요. 새로운 인간상이 아닌가 싶다.

무서운 인맥관리 현상

혈연, 지연, 학연, 모임, 취미클럽 등 별의별 인맥을 맺고, 무서울 정도로 관리한다. 마치 인맥지도를 그려 놓듯이, 단체장을 선거로 뽑는 이 시대는 상상을 초월한다.

말로는 공명정대하라고 하고는 실전은 서로 부추긴다. 어느 한 쪽으로 치우치지 않으면, 불이익을 받는다고 생각하기도 한다. 윗 선은 아니라고 해도, 아래 선에서 알아서 긴다. 간부급이 되면 그런 것들이 최우선 과제인가 보다. 참모들이 그것을 강요하고 은근슬쩍 무기로 삼는다. 정과 인맥으로 사는 우리 사회의 부작용이기도 하다.

내가 좋아하는 문구 중 자왈, 군자 화이부동, 소인 동이불화 子曰, 君子 和而不同, 小人 同而不和를 인용하면, 군자는 무리는 짓 지만 당파는 짓지 않고, 일반적으로 후하게 대하고 한 쪽으로 치우쳐 사사롭게 대하지 않는다.

소인은 그와는 반대다. 몇 천년 전 얘기인 데, 가슴에 와 닿 는 거 보면 천고의 명언이다.

우리 조직도 소인배들이 일삼는 파벌과 당쟁을 자제하고, 당 파싸움으로 힘빼지 말지어다. 왕따 당한,

'군 - 자도 살 - 게 꼬 - 롬'

낮과 밤의 이중생활

한 때 '아침형 인간'이 건강에도 좋고, 적극적으로 인생을 살 수 있다고 해서 유행한 적이 있다.

난, 해를 거듭할수록 낮에는 말을 삼가고 행동을 줄여 체내의 에너지를 충전해 둔다. 왜냐면, 새로운 소일거리를 찾아 밤에 움직일 준비를 하는 것이다.

인체풍수에서 말하는, '야행성 인간'이나 '올빼미형 인간'의 체질도 아닌 데, 직장 안과 밖에서의 행동양식이 전혀 다른 반대의 삶을 산다. 자기존재 확인을 위한 몸부림이다.

때로는 감당하기 어려운 쐬주를 마시면서 시간을 보낸다. 인내하면서 세월을 죽인다.

'낮의 상실감'으로 인한 '밤의 들이댐'이다. 일년 내내 거의 늦게 귀가한다. 씁쓸하다.

　가끔은 어느 목회자로부터 언뜻 들은, '고난의 신비'를 맛보듯이 약간의 희열을 느껴본다. 인간은 감정의 사이클이 있으니까. 낮의 생활이 의미가 있는 지, 밤의 생활이 의미가 있는 지.

주여!

누구를 위하여 종을 울리시나이까?

맹자의 가르침을 건네주다

내가 고통을 받고 있을 때, 아래의 좋은 글귀를 건네주었고, 가끔 대화를 나눈 여인이 있었다. 내가 언뜻 생각건대, 은근한 매력이 있고, 고집과 자존감이 꽤나 있어 보였다. 그런데 그의 자태와는 어울리지 않는 장사를 하고 있었다.
공자의 정명사상이 떠올랐다.

$$君 - 君 \ 臣 - 臣 \ 父 - 父 \ 子 - 子$$

사람은 제각기 그 사람다워야 한다. 나중에 알고 보니 옛날에 큰일을 하다가, 일이 잘 풀리지 않아서, 잠시 쉬어 가는 듯했다.

사람이 살다보면 그럴 수도 있는 것이지만, 그가 경험도 없어 보여 안쓰럽고, 나는 딱히 할 일도 없어서, 이것저것 성심성의껏 도와주고, 그로 인하여 몇몇 사람들과 좋은 인연도 맺었다. 인생살이에 적지 않게 참고도 되었다.

　지금은 서로 괴롭고, 일이 잘 풀리지 않는 관계로 연락두절 상태이지만, 먼 훗날, 때가 오면 만나서 많은 대화를 나누고 싶다. 지금도 문득 생각이 난다.
　그 여인도 하늘이 큰 사명을 주기 위하여 고통을 주고 있는 것일까? 그 여인이 내 고통을 간파하고, 인내로서 담금질하라고 용기를 주고 간 것일까?

　좌우지간 귀중한 인연으로 생각하면서, 건네준 글귀를 소개하면,

"하늘이 장차 그 사람에게 큰 사명을 주려할 때에는 반드시
먼저 그의 마음과 뜻을 흔들어 고통스럽게 하고,
그 힘줄과 뼈를 굶주리게 하여
궁핍하게 만들어 그가 하고자 하는 일을 흔들고 어지럽게
하나니,
그것은 타고난 작고 못난 성품을 인내로서 담금질하여 하늘의
사명을 능히 감당할 수 있도록 그 기국器局과 역량을 키워주기
위함이다."

- 맹자 -

고천장강대임어시인야

故天將降大任於是人也

필선고기심지 노기근골

必先苦其心志 勞其筋骨

아기체부 공핍기신 행불란기소위

餓其體膚 空乏其身 行拂亂其所爲

소이동심인성 증익기소불능
所以動心忍性 增益其所不能

 내친김에, 맹자 말씀과 궤를 같이하는 한 말씀을 덧붙이면,
미국의 루스벨트 대통령 어린 시절, 심한 천식으로 불행한 나
날을 보내는 아들에게, 아버지가 늘 하던 말이라고 합니다.

"너는 큰일을 하기 위해 이 세상에 태어났으니,
네가 지금 이렇게 병으로 고통 받는 것은,
너를 강하고 위대한 사내로 만들기 위한 하느님의
시험이다."

과거, 한 때는 쫄병들의 멘토

멘토mentor는 그리스 신화 오디세이에 나오는 오디세우스의 충실한 조언자로서, 요즈음은 현명하고 신뢰할 수 있는 지도자, 스승을 일컫는다. 멘토에게 상담이나 조언을 받는 사람을 멘티mentee라고 한다.

현재의 왕따인, 나도 한 때는 쫄병들, 멘티들의 멘토였다. 그들에게 직접 들은 진솔한 말을 옮겨 보면,

"그때 계장님한테 배운 업무스타일로,
평생 공직을 수행해도 무리가 없습니다."

"그때 계장님이 일러주신 대로 하니까,

어느 부서에 가도 능력있다는 소릴 듣습니다."

"시청 승진명단이 뜨면, 당신 명단 유무부터 봅니다"

안타깝습니다. 너무 가슴이 찡합니다. 미안했습니다. 속으로
울었습니다. 이젠, 그들을 지속적으로 조언을 할 멘토 위치가
안되니까요.

"명장 밑에 약졸 없다"

는 속담이 있습니다. 암튼, 분명, 한 때는 실력과 잠재력을 갖
춘 명장이었습니다.

믿거나 말거나...

지금은 조직에서 눈엣가시처럼 보일테지만 ...

'춘초답답생'春草 踏踏生이라, 봄풀은 아무리 밟아도 살아납니
다. 조직이 모든 가능성을 인정해 주는 바탕을, 풀밭을 만들어
놓아야 아부 못하는 사람들이...,

다소 엉뚱한 사람들이...,

죽지 않고 봄풀처럼 살아남은 사람들이...

일할 수 있습니다.

보너스

손상익하損上益下 ; 손해는 상사가, 이익은 쫄병이.

-정조대왕-

불치하문不恥下問 ; 아래 사람에게 묻기를 부끄러워하지 않
는다.   -논어-

삼인행 필유아사三人行 必有我師 ; 세 사람이 같이 가면, 반드시
나의 스승이 있다.   -논어-

멋진 지역사령관, 나를 따르라

서른 후반부터 지역유지이면서 지역사령관 자리인 동장을 네 번 역임했다. 젊은 나이에 네 곳을 옮겨 다니면서, 나름대로 멋지게 해냈던 것 같다. 교주도 아니고, 전쟁터의 장군도 아니지만, '나를 따르라' 하면서 재밌게 임무를 수행했다.

그 동의 업무를 시작하자마자, 지역특성을 파악한 다음, 그 지역의 여론을 형성하는 인물들의 의견을 수렴하고, 전통과 현실에 부합되는 독특한 시책을 끌어내어 성공시켰다. 그야말로 젊은 패기와 함께 소신과 두둑한 배짱으로 행정을 해나갔다. 비교적 주민들이 잘 따랐다. 행복한 일터였다.

동장이라는 자리는 매력 있는 자리라고 생각했었다. 지금 기억으로는 12여개의 자생단체들과 호흡하고, 그들의 애환을 들어주고, 해결책을 찾아주는 재미가 쏠쏠하다. 주민자치위원회, 방위협의회, 바르게살기위원회, 새마을부녀회, 통장협의회, 새마을문고, 자율방범대, 풍물단, 서예교실, 생활체육교실, 전통시장번영회, 지역단체장협의회 등등 지금도 그 회원들의 얼굴이 떠오른다.

임지를 떠난 지금도, 그 동네 회원들과 서로 연락되어 가끔 쐬주나 차를 먹으면서 옛날 얘기를 하곤 한다.
훈훈했던 그 시절을 그리워 하면서 …
어제도 만났었다. 그게 인간관계인데 …
지금 일터는 왜 이리 삭막한고 …

과거를 묻지마세요

*1*982년에 공무원시험 준비를 같이 하던, 학원과 독서실 동료가 있었다.

난 그 해 합격을 하였고, 그는 그로부터 4년 후에 합격소식을 들었습니다. 중간에 한두 번 만나 위로도 해준 기억이 납니다.

시방은 그는 서기관이 된지 몇 년이 흘렀고, 난 아직도 사무관입니다. 같은 시청에 근무하고 있습니다. 어쩌다 만나도 눈도 맞출 수 없답니다.

이 대목에서 노래 일발 장전하겠습니다.

노래는 내가 태어날 즈음에 히트곡인 대중가수이자 배우인
나애심씨의 흘러간 옛 노래, '**과거를 묻지 마세요**' 입니다.

장벽은 무너지고 강물은 흘러
어둡고 괴로웠던 세월도 흘러
끝없는 대지위에 꽃이 피었네.
아 아 꿈에도 잊지 못할 그립던 내 사랑아
한 많고 설움 많은 과거를 묻지 마세요.

슬픈 현실, 과거 쫄병에게 업무인수인계 받다

우리 조직은 일이년, 이삼년에 한 번씩 자리이동을 한다. 전임자가 후임자에게 주요업무 및 부서의 생리에 대하여 업무 인수인계를 주고, 받는다.

불행은 겹치고, 슬픔은 증폭된다고 했던가. 갈수록 태산이다. 릴레이 경기의 바통터치baton touch와 비슷한 데, 그 바통터치는 20미터의 바통존baton zone이 있어서 벗어나면 실격 처리된다.

그대여!

먹고 살려고 과거 쫄병한테 업무인수인계 받는 심정을 헤아려 봤는가?

20미터가 넘는 실격인 것이다.

그럼, 누가 실격인가?

자리 배치한 책임자가?

인수받는 자가?

인계하는 자가?

알량한 참모들이?

이 안주로 쐬주 몇 병 먹었다.

인사제도의 구조적 모순이 있다. 인간은 어떤 사람 하나만이 정답이 아니다. '뫼비우스의 띠'처럼, 앞과 뒤의 구분이 명확하지도 않다. 안과 밖이 존재가 애매모호하기도 하다.

혼란스럽고 복잡 다양한 존재이다. 흑백논리로, 단순논리로 인간을 평가한다는 자체가 모순이다.

인간평가, 인간접근의 고정관념에서 탈피하고, 현실에 대한 엄정한 비판적 안목이 필요할 때이다.

17년 전 축하난 100개와 왕따의 허무부르스

공직사회, 계급사회는 해를 거듭할수록 올라가는 맛이 있어야 한다. 하오나, 왜 이리 추락하나이까?

나의 사무관 이력은, 동장을 거쳐, 구청과장·시청계장을 하고 있다. 직급은 동일하지만, 직위가 낮아지면서 판공비, 기관운영비, 직책수당이 없어졌다. 각종 수당도 줄고, 끗발도 줄었다.

옛날과 지금을 비교해 본다. 너무도 다른 세상, 딴 나라, 딴 세대에 사는 착각을 느낄 지경이다. 세월이 흘렀건만, 올라가기는커녕 거꾸로다. 격세지감隔世之感이요, 금석지감今昔之感이라 할 수 있다.

17年 前 사무관 초임 洞長으로 인사발령 났을 때에는 알리지도 않았는데, 축하난 100개정도가 동장실 앞에 놓여 있었다.....문정약시門庭若市다. 최근 장기연수 후 인사발령을 받고, 任地로 갔다.

축하난 한 개도 없다. 내가 찌질이도 아닌 데 ....

적막강산寂寞江山이다.

물론, 축하난의 숫자가 중요한 것은 아니다. 인생무상, 무의미, 허탈, 허무를 느꼈다. 비약컨대, 사군자 중의 '난'도 권력을 좇는구나 싶었다. 인간의 간사한 마음이지만.

이를 어떻게 극복할 것인가?

주변의 소중한 사람을 위하여 .....

나의 당당함을 위하여 .....

체험70

시궁창에 처박힌 느낌

최근 내 자리 이동은 좌천의 연속이다. 심하게 얘기 하면, 시궁창에 처박힌 느낌, 조직에서 버려진 느낌이다.

우리 조직에서는 자기 직렬이 아닌, 다른 직렬의 직원이 많은 부서는 기피한다. 행정직렬인 나는 기술직렬인 전산직, 건축직, 지적직으로 연속적으로 자리배치 당했다. 행정직렬으로서는 한직이요, 외직이다.

'일 하던지 말던지, 니가 알아서 해라'하는 느낌뿐이다.

옛날과 비교하면, 상전벽해桑田碧海를 느낀다.

남들이 말하는 요직을 두루 돌아다닐 때도 있었는데…

난, 요직이란 말을 좋아하지 않는다. 가치 있게 근무하면, 그 곳이 바로 요직인 것이다.

현실적인 요직은 근무평정 점수가 잘 나오는 부서가 요직부서다. 행정직렬이 기술직렬 부서 내에서 점수가 나오겠는가? '팔은 안으로 굽는 것'이다.

여기까지, 시궁창까지, 오는 대우를 받고 있지만, 가치있게 살기로 한다. 줏대 없이 머저리, 모지리, 쪼다, 얼간이, 얼뜨기 같이 살면 되겠는가.

내 가치는 내가 중요한 것이니까요.

몰예의, 애경사 봉투전달

인간사, 애경사의 연속이다.

큰 조직일수록 가봐야 할 곳이 너무 많다.

공직생활 30년이니 가봐야 할 곳이 너무 많다.

대전 토박이로 50여 년이니 가봐야 할 곳이 너무 많다.

애경사는 마음으로 같이 슬퍼하고, 같이 기뻐해야 하는 것이다. 그래서 중국인들이 우리나라를 '동방예의지국'東方禮儀之國, '군자국'君子國이라 하지 않았던가.

요즘 난 대인기피로 인해서 축의금, 부의금을 남들 손에 봉투만 전달한다. 군자국의 군자로서 예의에 벗어나는 것이다.

우째 !
이리 되었을꼬?
지면을 통해 죄송함을 전할 따름이다.

참고로, 나는 장인·장모 애사는 연락하지도 않고, 가지도 않는다. 장례문화와 어긋나는 것 같고, 서로 이중부담을 줄 뿐 아니라,

번거롭다고 생각했기 때문이다. 나만의 똥고집일 수도 있고, 욕먹을 수도 있는 일이지만 자신과의 약속이다.

또한, 개인적인 생각이지만, 조부모의 애사까지 연락해서 상대방에게 부담 주는 행위는 재고해야 한다.

'세상갈이' 와 이갈이

최근 치과 방문이 잦아졌다. 세월의 흔적이기도 하지만,
세상에 대한 이갈이로 느껴진다.

'세상갈이'인 것이다.

그 갈이는 무의식상태에서 이빨끼리 서로 강하게 깨물거나
마찰하는 것으로 주로 수면상태에서 일어난다. 음식을 씹을 때
보다 몇 배 강하다고 한다. 그래서 많이 마모된다.

시리고,
아프고,
깨지고,
빠지고,

한다.

스트레스, 트라우마가 잠버릇까지 바꾸는 게 아닌가 싶다. 세상갈이든 이갈이든, 오복 중에 하나에 버금갈 정도로 중요한 이빨이니까, 단골 치과를 정해 놓고 빠른 치료를 해야 한다.

잘 먹고 잘 씹어 '앓던 이빨이 쑥 빠진 것 같이 시원하게' 오래 살아야 하겠습니다. 와신상담臥薪嘗膽, 할 일이 많이 있으니까요.

심리적 요인이 육신으로 전이

요즈음 나이 탓도 있겠지만, 뒷목 뻐근함과 어깨 결림 증세가 있다. 과도한 스트레스 등 심리적 요인이 시간이 지나면서 육신으로, 무의식적으로 전이된 것이다. 그래서 한 달에 두어 번 한의원 가서 치료를 받는다.

일침이구삼약—鍼二灸三藥이라고 침을 맞고, 뜸을 뜨고, 약을 먹으면, 좀 나아지는 효능이 있는 것 같아서이다. 물리치료도 곁들인다. 누워서 치료받는 동안, 스스로 조용히 마음치료도 하면서.

침뜸약으로 원활하지 못한 기혈순환을 풀어주는 것이요.

  몸뚱아리의 고통으로, 부정적으로 전이된 것을 기혈보강과 심리치료를 병행하면서 긍정적으로 전이시키는 노력의 일환이다.

  심신의학의 창안자요, 대체의학의 선구자인 인도의 의학박사 디팩 초프라Deepak chopra가 '몸이 마음이고, 마음이 몸이다.' 라고 한 심오한 뜻을 알 듯하다.

자그마한 트럭장사를 보면서

퇴근길에 대로 네거리 모퉁이에서 장사하는 것을 유심히 본 적이 있다. 자그마한 트럭을 개조하여 장사를 하고 있었는데, 음식을 만들 재료는 트럭 앞 공간에 쌓여 있었고, 메뉴는 계란빵 · 국화빵 · 닭꼬치 · 찰옥수수 이었다.

부부로 보이는 나보다 젊은 남녀가 다정하게 담소를 즐기면서 손님을 맞이하고 있었다.
요즈음 내 심정으로는 부럽게 보였다.

맘 편하게, 퇴직금으로, 짝꿍 하나 꼬셔서, 저 멀리 다른 지역에서, 이꼴저꼴 안보고, 저거나 할까?

서글픈 단상이다. 죄없는 허공에 삿대질 해본다.

괜시리 마음이 울적하고 처량하다.

동요 '따오기'가 생각난다.

보일 듯이 보일 듯이 보이지 않는,

따 - 옥

따 - 옥

따 - 옥

소리 처량한 소리.

미움의 깊이는 깊어지고

약삭빠르고 얍삽하지 못해 왕따당했다. 내면적으로 심한 상처를 받고, 직장에 대한 갈등과 조직에 대한 미움의 깊이는 깊어져만 갔다. 소속원들과의 단절에서 오는 고독감도 있다. 때로는 숨이 막힐 정도다. 삶이 꼬이고 뒤엉키고 있다.

빈센트 반 고흐는 '고통은 영원하다'라고 했다. 이 지독한 삶의 고통을 치유하는 방법은 모든 집착을 버려야 된다고 생각하기 시작했다. 도를 닦는 수도승처럼 말이다.

난!

뚜렷한 종교는 없다. 무시험 추첨으로 불교재단인 중학교를
다닌 연유로 어려울 땐 언뜻 배웠던 용어들이 생각난다.

사람의 착한 마음을 해치는 세 가지 번뇌인 삼독심三毒心,
탐진치貪瞋癡에서 빨리 벗어나자,
탐욕과 성냄과 어리석음에서 ……

내려놓자, 집착을 버리자, 방하착放下着 하라.
이것이 바로 삶의 꽃이요, 진흙 속에서 피어나는 연꽃 같은
삶이리라.

억지로 참석한 회식, 그 다음부터 불참

어느 조직이나 마찬가지겠지만, 조직원의 친목도모와 화합을 위해 회식 get together을 한다. 공직사회도 잦은 회식을 하는 편이다.

점심회식, 저녁회식, 야외회식, 행사성 회식, 의전성 회식 등 종류도 다양하고, 1차, 2차, 3차로 이어지기도 한다. 회식문화는 거의 음주회식이다.

최근 문화체험회식, 무알콜회식, 착한회식 등 일부 변화되는 이색적인 회식문화도 있지만, 아직도 대세는 술자리회식이다.

기분이 나지 않는 나로서는, 이 핑계 저 핑계 대다가 억지로 참석한다. 참석하면, 때로는 인사말도 해야 하고, 건배제의도 해야 하고, 노래도 해야 하고, 박수도 쳐야 하는 등 좌우지간 어울려야 한다.

말도 하기 싫고, 어울리기 싫은 난, 마음이 내키지 않을뿐더러 분위기만 깨는 자리인 회식자리에 불참하기로 스스로 선언하기에 이르렀다.

나도 기분파 인생이고, 낙천적이고, 싸나이인데 …
조직이 사람을 이 지경으로 …
황량한 벌판의 외로운 하이에나로 …

강산이 세 번 변했는데

공직 30년 째, 생활인으로서 즐거웠던 일, 대접받았던 일, 노력의 대가로 받았던 일을 주마등처럼 스크린 해본다.

'83년 7급 공채로 들어와, '90년 6급 주사 승진, '97년 5급 사무관 승진, 총 34일의 해외연수, 봉급 356회 수령.

'너무 허접하다.'

승진은 같은 계급으로 달인의 경지고요, 해외연수는 밀려서 갔고요, 봉급은 누구나 주는 것으로 자식을 키웠다.

공직 30년, 강산이 세 번 변한다는 장구한 세월을 나대지 아니하고 당당하게 일했는데, 특별히 나쁜 짓 한 것도 아닌데.

이 대목에서 시 한 수 읊조리겠다. 나처럼 힘없고, 자유분방한 작가미상의 사설시조辭說時調로 .....
인간사회의 실상과 내 마음을 대변하는 작품으로.....
남의 말에 부화뇌동하지 말고, 정신 바짝 차리라는 것으로.....

대천大川 바다 한가운데
대천大川 바다 한가운데
중침中針 세침細針 빠지거다.

여남은 사공沙工 놈이
끝 무딘 상앗대를 끝끝이 둘러메어,
일시一時에 소리치고
귀 꿰어냈단 말이 있소이다.

님아 님아,
온 놈이 온 말을 하여도
님이 짐작斟酌 하소서.

엉아, 병원에 들러 봐야 하는 데

최근 내 심정을 잘 아는 출입기자에게 메시지가 왔다. '엉아, 병원에 들러 봐야 하는 데' 직업이 그래서인지 표현이 예리하다. 관공서를 병원으로 둔갑시킨 것이다.

'승진트라우마' 환자이니까 병원에 있어야 하나?
잠시 멍 때린다. 의사, 간호사, 원무과 직원도 아닌 데 …

비 - 스 - 무 - 리

한 얘기인데,

옛 부하 직원이 나보다 높은 직급으로 인사발령 받고, 나에게
전화로 '한번 들를게요' 한다.
 내가 오지 말도록 했다. 당신 오면 난 나간다고 ...

인간관계를 오지도 만나지도 못하는 사이로 만들었다.
조직사회의 해괴망측한 인사가,
자연스럽게 인간 사이를 끊어놓는다.

아멘 - - !
관세음보살 - - !

자존감 상처 받다

난, 주무계장이다. 사무관 계장급에서 고참 사무관이 주무 계장을 하거나, 기술 관련 부서에서 행정직 사무관이 꼽사리 끼면서 재무 등 종합적인 잡일을 보기위한 자리이기도 하다.

서기관인 과장이 휴가 등 자리를 비우는 날이면, 재수 없게 회의 · 세미나 · 의회 등 대리 참석하는 경우가 종종 생긴다.

가보니, 그 날 '제대로' 참석한 과장이 나의 옛날 '본래' 쫄병들인 것이다. 이제는 뭐가 '제대로'인지 '본래' 인지 구분이 안 가지만 그 자리가 나로서는 자존감에 깊은 상처를 받았고, 한마디도 할 수 없는 어색함의 극치요, 미묘하고 현묘한 감정의 극치였던 자리다.

그 날 쐬주를 많이 하면서, 다음부터 그런 자리는 병가내고, 드러눕는 것이 서로를 위한 길이라고 생각하기에 이르렀습니다.

체험80

원고마감 전, 한통의 전화

이 책 원고마감 며칠 전, 지인으로부터 한통의 전화를 받았다.

들은즉슨,

본인이 부산에서 몇 십년 근무하고 있는 모동장님이라는 공직자 한분을 알고 있는 데, 안부 전화 중에 충격적인 답변을 듣고 너무 가슴이 아파 하루 종일 슬퍼서 울다가, 비슷한 경험으로 고통을 받고 있을 나한테 술 조금만 드시고, 마음 비우고, 참고 버티고, 건강하라는 간곡한 얘기였다.

그는 폐암, 간암 판정을 받고, 4월 15일 결과를 기다린다고, 생사기로에서 투병중이라고, 잘못되면 전화도 못 받을 수 있다고, 힘없는 목소리로 말했단다.

승진스트레스, 마누라 바람으로 인한 이혼 등으로, 나와 같은 나이에, 남자로서, 가장으로서, 자식과 가정을 지키려고, 자신은 대충 돌보고, 혹독한 세파를 온몸으로 이겨내려고, 온갖 노력을 다했다는 애기도 함께 들었다. 시쳇말로 안 봐도 비디오다.

혹여, 며칠 후 잘못된다고 하더라도, 부디 하늘나라에서 영면하소서. 이 책이 출판될 즈음, 조금 쾌유되었다면 공기 좋은 데서 차 한 잔 합시다. 좋은 사람은 조직과 사회가 일찍 데려가는 것 같다.

무지하게 착한 사람이라는데 ……
그런데, 나에게 전화한 동포는 내가 제일 먼저 생각났다고 그러지?
술 줄이고, 건강 챙겨야겠다.

미련 없습니다

보통사람의 일생 중에서 통과의례 또는 인생의례가 있다면, 출생부터 취업 전까지는 삼분의 일 통과의례요, 취업 후부터 퇴직까지는 삼분의 이 통과의례라고 한다면, 퇴직 후부터 사망까지는 삼분의 삼 통과의례인 것이다.

이제까지는, 다가올 생활에 대처하기 위한 학습이고, 새로운 사회로 진입하기 위한 전단계로 볼 수 있습니다.

최근 나의 여러 가지 깊은 사색에 감응을 했는지, '승진트라우마'의 지배를 받았는지, 꿈속에서조차 나의 억울함을 따지고, 싸우기까지 하다가 눈을 뜨곤 했지요.

이 찜찜한 기분을 전환하려고, 뒤편에서 소개하는 다양한 스킬을 활용도 해봅니다.

이젠 미련을 두지 말아야 하겠습니다. 미련 없습니다. 삶의 미련이 아니라, 현재 직장의 미련이 없습니다.
몽중강림夢中降臨까지 하니까요. 나에게는 나머지 삼분의 삼, 통과의례, 인생의례도 중요하니까요.

드디어 고향이 싫어지기까지

대전에서 태어나 55년 살았고, 대전에서 만 30년 공직생활을 했다. 군대 3년, 출가인지 가출인지 몇 개월 빼고는 떠나지 않고, 지켜 온 '내가 살던 고향' 대전이다. 그야말로 순수 대전토박이인데 …

"굴러들어온 돌이 박힌 돌을 빼낸다더니"

외지 사람들이 주변도시와 농촌에서 들어와 생존경쟁에서 살아남으려고 갖은 모략으로 나를 몰아내는 기분이다. 주객이 전도된 느낌.

직장 왕따로부터 기인되어, 친구 · 지인 · 선후배로부터 멀어
지니까?

언젠가, 문득 직업을 바꾸고 이사갈까? 하는 생각에 잠겼다.

그러나 엄청난 용기가 필요했다. 갑자기 고향이 싫어지기까
지 하면서 아예 모르는 사람들과 어울려 보고 싶어진 게다.

수구초심首丘初心,

"여우가 죽을 때
머리를 자기가 살던 언덕 즉 고향으로 둔다"

처럼 고향이나 근본을 잊지 말아야 하거늘 ....,

연어의 모천회귀본능母川回歸本能도 있지 않은가 ...

아휴, 고개를 절레절레 흔들고 또 흔든다. 자기최면을 걸어
본다.

"영식아,
니가 대전에서 해놓은 업적도 대단하도다.
결코 헛되고 헛되지 않도다."

출판 쐬주회

유배 중 책을 쓰기로 마음을 되잡고, 낙서 노트와 습작들을 모아, 백일의 각고 끝에, 두 권의 원고를 집필 마감할 즈음에 출판에 대한 의식을 어떻게 할 것인가 고민해 보았다.

선거를 앞두고 갖는 정치인 · 정치꾼의 출판기념회로 오해받을 수도 있고, 우리 조직에 대한 약간의 과격한 용어 · 문구에 대한 질타도 있을 수 있기 때문이다.

조촐하게 가까운 친구, 지인들을 초대하여 '출판 쐬주회'를 갖기로 잠정 결정했다. 쐬주꾼으로서 최소한의 의식이다. 건필은 아니지만, 가슴으로 진정성 있게 쓴 것이니까. 내 시집 '권커니 자커니'에도 썼지만, 내 생애 일곱 번째 백일잔치인 것이다.

헌법에 보장된 인간의 기본권에는 인간의 존엄과 가치, 표현의 자유, 언론출판의 자유, 학문과 예술의 자유, 행복추구권 등이 있는 것이 참으로 다행이다. 오해와 질타에 대한 마지막 항변 건더기인 것이다. 타인의 명예, 권리, 공중도덕이나 사회 논리를 침해하지는 않았으니까.

그래도 공직자이기에

$2$013년, 새로운 정부가 탄생된다. 그 직전에 제18대 대통령직 인수위원회가 구성되고, 그 안에 '국민행복제안센터'가 생겨 국민들로부터 각종 정책제안을 받는다.

그래도 공직자이기에, 평소 생각하고 있었고 펼치고 싶었던 정책이나 아이디어를 메모하는 편이다. 특별한 이유 없이 왕따 당한 후에는, 머리가 거의 녹슬었지만, 그래도 아직까지 일발 장타는 있다.

으 ~ - 랏!
차! - 차 ~앗 - 차!

거창하게 구국의 일념으로 펜을 들었다. '나 여기 있소'하면서 용맹스럽게 '붙임'과 같이 2건 제출했다. 나의 제안은 청장년 일자리 창출과 공직자의 사회적 책임에 관한 것이다.

검토가 잘 되어 반영되었으면 하는 간절한 바람이었다. 제출 후 확인해보니 국민의 소리가 이렇게 많을 줄이야. 나의 제안 번호는 no.8537/no.8648이다. 전체적으로 삼만여 건 접수된 것 같았다.

검토 내막은 모르나, 지금도 심정적으로는 빨리 채택되어 국민들의 생활에 일조를 하고 싶은, 국민의 한 사람으로서 순수하고 작은 소망이다. 모두 수용하기는 어려울 테지만.

창의적 정책제안

제안 주제	일선행정洞 하부조직 통·반장제도 폐지로 전국적 청· 장년 일자리 창출 / 「책임준공무원제」 도입

● **제안내용**

　　<붙임> 분석자료와 같이 기능(임무)이 거의 쇠퇴·미흡한 통·반
장 제도를 폐지하고, 현행 지급되는 통·반장 수당 및 상여금을 활
용하여 가칭「책임준공무원제」를 도입·시행케 함으로써 전국적인
청·장년　일자리를 창출함과 동시에 그동안 느슨했던 통·반장 기
능을 세대교체를 통하여 전향적으로 대체·보완하고자 합니다.

　　대전의 경우 일자리창출 예측인원 <「책임준공무원제」 도입시 >

통·반장 지급예정 합계금액 ('12년)	일자리창출 예측인원	비　고
8,579,550,00 0원	* 월봉급 1,500,000원 지급시 총476명 - 1개 행정동 평균 6명의 　「책임준공무원제」 취업	*전국적으로는 많은 일자리 창출

● **제안효과**
　① 전국적 일자리 창출사업효과
　② 통·반장을「**책임준공무원**」으로 세대 교체함으로써 빠른 행정
　　　시책 홍보효과와 직업인으로서 소속감·인정감·책임감을 부여
　　③ 통·반장 위해촉시 잦은 주민갈등 불식
　　④ 동 주민센터와 맞물려 적절한 인적자원 활용가능

<**붙임**>대전광역시 통·반장의 재정적 혜택 및 문제점 분석자료

● 대전 주요 통계지표

행정동	법정동	세 대	인 구	면 적	통장수	반장수
77개동	177개동	575,600세대	1,524,583명	540㎢	2,410명	13,495명

● 현행 대전 통·반장 재정적 혜택

구 분	통 장 (2,410명)	반 장 (13,495명)	합계금액
1인당 월혜택	• 월정수당 　200천원×2,410명 = 482,000천원 • 월 회의참석수당 　20천원×2회×2,410명 = 96,400천원	–	578,400천원
1인당 상여금	• 상여금 　200천원×2회×2,410명 = 964,000천원	• 상여금 　25천원×2회 　×13,495명 　= 674,750천원	1,638,750천원
대전지역 년혜택	• (482,000천원+96,400천원)×12개월 　+ 964,000천원 　= 7,904,800천원	상 동	8,579,550천원

단, 　① 쓰레기봉투지급 및 각종혜택사항은 제외
　　　② 전국혜택사항은 정책제안채택시 중앙부처에서 집계가능

● 현행 통·반장 주요기능(임무) ➡ 행정시책홍보 및 동장임무보조

● 현행 통·반장제도 문제점 (제안필요성)

① 전자매체, 인터넷, IT 발달로 주요기능인 통·반장의 행정시책 홍보기능 쇠퇴·미흡

② 통·반장 위해촉 과정에서 주민갈등요인 내재

③ 반장 상여금 지급시 실제인물과 불일치로 행정신뢰도 실추
(아파트기금 또는 반기금으로 적립사용사례도 있음)

공직자의 창의적 정책제안

제안주제	「공직자사회적책임제」 도입 시행

● **제안개요**

- 주2일 휴무에 따른 건전한 여가활용을 독려·지원하고 근무시간외
  공직자가 사회에 공헌할 수 있는 제도적 틀을 만들어,
- 공직자의 축적된 경험과 전문가적 식견을 본 제도를 통하여 사회환원 및 각종정책을 전파하는 계기를 부여하고,
- 사회공헌활동을 통해 얻어지는 각종 정보를 국정전반에 반영하고자 함

● **제안필요성**

- 윤리경영·환경경영·사회공헌 등 기업의 사회적책임(SR:Social Responsibility)이 중요시되는 요즈음, 공직자의 사회적 책임도 윤리·도덕적 차원에서 권고하여야 할 시기임

- 공직자사회적책임 은 「공직성과」와 「사회적기여」의 조화를 의미하고, 시민과 가까워지는 적극적인 공직자상을 정립하기 위한 새로운 개념임

● 제안채택시 추진일정

- 「공직자사회적책임제」 작업초안(Working Draft) 마련
- 바람직한 사회적책임제 사례 연구
- 적정한 인센티브 적용방안 검토
- 공직자 및 전문가 의견수렴
- 초안·사례·의견수렴 등을 담아 근거 법규 작성
- 근거법규국회 상정·심의·의결 / 정책시행
- 시행후 문제점 보완 및 개선

제 2 편

새로운 가치 찾기

어느 덧, 여러 가지 체험을 토해 냈다.
그냥 고통스런 체험으로 끝나면, 바보 같은 삶일 것이다.

나는 어려서부터 늘 다소 손해 보고, 다소 늦어도
가치 있는 삶을 생각하곤 했다.

일단 무엇이 결정되면, '무소의 뿔처럼' 앞만 보고,
하던 일을 멈추지 않는다.

내가 저지른 가치 있는 일들을 몇 개 적어 보았다.
현재 하고 있거나, 도전해서 실패했거나,
향후 해야 할 일 들이다.

이쪽에서 잃은 것을 저쪽에서 찾고 싶은 보상심리요,
생활인으로서 자신의 존재감을 확인하려는
자연스런 현상이다.

엄청난 것은 아니오니, 어여삐 여겨,
격려해 주시길 바랍니다.

사단법인 대전팝스오케스트라와 함께 하다

음악은 사회를 편하게 하는 끈이요, 문화예술 단체에
원하는 것이 미래의 우리 자녀에게 투자하는 아름다운
일이다. **-내 노트 중에서 발췌 -**

　주옥 같은 싯구절은 인간의 감흥을 일으키고,
　예의로서 대하여야 인간답게 자신을 세울 수 있으며,
　인간 삶의 완성은 음악에 있는 것이다.
　자왈, 흥어시하고, 입어래하며, 성어악하라.
　(子曰, 興於詩하고, 立於禮하며, 成於樂하라.)
　　　　　　　　　　　　- 論語 태백편 -

나의 시와 인생 모듬인 책 '권커니 자커니'에도 일부 소개되었지만, 내 고향 대전에서 가치 있는 일을 찾고자, 상임지휘자인 발가숭이 친구와 몇몇 지인과 함께, 비영리 사단법인 대전팝스오케스트라를 설립·창단하여 정기콘서트 36회, 찾아가는 콘서트 70여회의 실적을 거두었다. 난 여기에서 10년간 열정을 다하고 있으며, 후원회장 직무대행과 수석고문직을 맡고 있다.

또한, 십년 째 휴가를 오케스트라 공연일정에 맞추었으며, 16개월 동안 매주1회 하루도 빠짐없이 '만원의 행복'을 주재해 시민들에게 '대전팝스'를 직간접적으로 홍보하는 가교역할을 했다.

10년의 어려운 역경에서도 오뚝이처럼 일어났고, 무소의 뿔처럼 앞만 보고 갔으며, 천둥, 번개가 뒷통수, 앞통수 쳐도 앞만 보고 갔다.

일 년 장기연수 직후 '대전팝스'가 몰락의 길을 걷고 있을 때, 20일간 40명과 점심 · 저녁 스케줄을 강행하면서, 대전의 문화 아이콘으로 '대전팝스'를 재창조해보자고 설득 · 호소해서, 지금은 그들과 고락을 같이 하면서 다음 콘서트를 준비하고 있다.

10년간 보람 있었던 일로는, 서울 KBS홀에서의 공연과 중국 연태시 공연을 성황리에 마친 것이 뇌리에 스친다. 공연 당일에는, 직장의 휴가일이지만, 총책임자로서, 처음부터 끝날 때까지, 뒤풀이까지, 총 12시간 몰입하면서 천여 명의 관객과 연주단원과 게스트 · 스탭들에게 질 높은 공연을 위하여 최선을 다하고 있다.

위와 같은 '대전팝스' 재창조라는 새로운 가치 찾기는 일과 생활의 균형 WLB이요, 올해 2013년에 내가 몰두할 하나의 인생목표이자, 내 인생의 족적인 것이다.

갤러리 멋지게 만들고,
망했지만 후회 없는 도전을 하다

열정 없이 사느니 차라리 죽는 게 낫고요,
도전은 맛봐라 그러면 승리의 쾌감을 맛본다.

- 내 노트 중에서 -

배우고 때때로 익히면 또한 기쁘지 아니한가?
학이시습지 불역열호學而時習之 不亦說乎

- 論語 -

*갤*러리 gallery는 예술품을 전시 · 진열 · 판매하는 화랑입니다. 어렷을 때부터 미술 · 예술에 뒤떨어져, 옳거니 지인의 꼬임으로, 내 깐에는 명소에 갤러리를 오픈 했것다. 일 년 장기 연수중이라, 노후도 대비하고, 직장에서는 왕따 당하고 시간은 있것다. 전국 경매장 · 박물관 · 미술관 다니면서 공부도 했다. 서울 인사동까지 가서 이것저것 알아봤다. 세 번의 경매도 내 방식대로, 경매사 도움을 쬐끔 받아서, 시범적으로 해봤다. 도자기니, 미술품이니, 공예품이니, 민속품이니, 골동품이니 팔아도 봤다.

밥도 팔고, 차도 팔고, 술도 팔고, 이것저것 구색을 갖추었다. 간판도 멋지게 달고, 알바도 쓰고, 식당과 VIP 룸도 개조하고, 테라스도 만들어 폼 잡았다. 연수중이라, 금 · 토 · 일요일 와서 신나게 매상 올리는 척했것다. 내공으로 무자게 버텼다. 사연도 많고, 탈도 많았다. 결론은 6개월 만에 삼천만원 까먹었다. 두 손 들고 나왔다. 나쁜 인간, 좋은 인간 많이 경험 했다. 철수하는 그 전 날은 혼자 쐬주 다섯 병 먹고 혼자 결정했다. 멋지게 망했지만, 배운 것으로 만족한다.

멋진 도전인 것이다.
새로운 가치 찾기인 것이다.
60세, 전에 이것저것 맛보는 게 내 취미다.

여행을 즐기며 생활 속의 도인이 되다

인생에서 가장 중요한 여행은 사람을 만나는 여행이요,
여행은 우리 마음에 활력을 선사하고요,
여행은 우리들에게 관용을 가르치고요,
바보는 방황하고, 현자는 여행한다.

- 내 노트 중에서 -

도란 잠시도 떠날 수 없는 것이니, 떠날 수 있으면 도
가 아니다.
'도야자 불가수유리야 가리비도야'
'道也者 不可須臾離也 可離非道也'

- 중용 -

책 몇 권을 들고, 운수납자처럼 가볍게 여행을 떠나 마음의 안정 · 평화, 자신감을 찾아보자. 물소리 · 바람소리 · 새소리와 새로운 사람들과의 만남을 통해 체내에 찌든 독소를 빼면서 수행을 해보자. 자연은 진실을 포장하지 아니하므로, 여행 자체가 기도요, 명상이요, 도이다. 스님 · 목사 · 신부와 같은 수도자는 아니지만, 깊은 산속은 아니더라도, 얻음과 잃음을 통해, 생활 속의 도인이 되어 보는 것이다. 그동안 습에 젖은, 잘못된 마음자리를 여행을 통해 마음의 조화와 균형을 잡아 본다.

주 : 운수납자雲水衲子 ; 누더기를 입고, 구름 가 듯, 물 흐르듯, 수행 다니는 승려

시집과 체험집 발간에 즈음하다

공부는 엉덩이로 하는 것이요, 또한 책 쓰는 것도
엉덩이로 하는 것이다.

－ 내 노트 중에서, '끈기'를 강조 －

자신의 꿈과 목표를 글로 적을 때, 실현될 수
있다는 것을 기억해야 한다.

－ 내 노트 중에서 －

*3*0년 공직기간 동안 직무와 관련된 사례집이나, 업무지침서는 두어 번 내서 잘 만들었다고 전국적으로 히트 친 적은 있었지만, 이번처럼 맘 크게 먹고, 업무와 직접 관련이 없는, 대외적인 책을 발간하기까지는 많은 고뇌와 갈등, 그리고 용기가 필요했다.

직장 내에서의 왕따와 유배의 서러움을, 과감히 글로서 표현해야 하는 심정을 그 누가 알까?

그래서 올해는, 시집류와 체험집류 책 두 권을 내고, 일평생 책 다섯 권은 출판해야지 하고, 스스로 굳게 결심했다. 베스트셀러, 밀리언셀러, 스테디셀러는 아니더라도, 작가로서, 저자로서, 글쟁이로서, 첫 단추를 잘 끼워야겠다는 자세로 쓰기 시작했다.

그 꿈을 이루기 위하여 주변 사람들에게 꿈을 자주 읊어댔다. 꿈이 식을까봐, 자기 암시·자기체면을 걸면서 긴장의 끈을 놓지 않았다. 조기 실현을 위해서는 남에게 자꾸 알리는 것이다. 몰입하면서는 내 몸속에 있는 앙금을 시원하게 배출하고, 불광불급不狂不及의 정신으로 써나갔다. '한다면 한다', '한

곳에 미치지 않으면, 목적지에 미치지 못한다.' 내 책이 세상
에 나왔을 때, 설레임을 만끽하면서 ……

인생이모작 준비

인생의 연륜은 연수로 셈하는 것이 아니고, 추억과 감동의 수로 헤아리는 것이다. 산다는 것은 감동한다는 것이며, 감동으로 배운다는 것이다.

감동을 위한 이벤트를 많이 만들고, 참여하여야 한다. 100세 시대 준비하면서, 헌신하면 헌신짝 된다. 평생 현역이 될 준비를 하자.

창조적인 일을 하고자 할 때에는 인내기간이 필요하고, 자신만의 확신과 철학이 중요하다. 또한 같은 뜻을 가진 사람과의 협업 마인드는 필수이다.

행동은 정해진 순서가 없다. 매일 끊임없이 행동하고, 앞으로 나아가야 한다.

행동을 하지 않는 자의 핑계 다섯 가지는 몰라서 / 게을러서 / 따지다가 / 겁나서 / 귀찮아서.

- 내 노트 중에서 -

인생 노후설계 여섯 가지

- 건배사재우취 -

1. 健, 건강한 몸만들기

2. 配, 배우자 챙기기

3. 事, 일거리 지속하기

4. 財, 쓸 재력 갖춰 놓기

5. 友, 같이 놀 친구 사귀어 놓기

6. 趣, 꾸준한 취미생활 준비하기

인생 100세 시대, 베이비붐 세대인 우리, 고령화시대에 접어든 요즘, 직장 은퇴 후 준비 없이, 대책 없이, 두려움에 떨지 말고, 무방비 상태로 떠밀리지 말고, 때로는 젊은 세대에게 배우면서, 때로는 사회공헌활동도 하면서, 나만의 가치를 찾아 미리 미리 준비하여, 지혜롭고 / 행복하고 / 아름답게 삽시다.

멘토 정하기, 인재 키우기, 후배 키우기

CEO의 다섯 가지 조건으로는 부단한 성장추구 / 조직에
창조적 영감부여 / 사회와의 의사소통 / 인재확보 및
후계자 육성 / 글로벌 시장 개척

- 내 노트 중에서 -

성공한 CEO는 업무능력 15%, 나머지85%는
인간관계와 소통능력

- 미. 컬럼비아대학 설문조사 -

상대방을 세움으로서 자기가 설 수 있다. 자왈 이립기립

- 子曰, 以立己立 -

$5$0대 후반이 되어 보니, 이제까지의 삶이 매끄럽지 못했으며, 좀 더 슬기롭게 살 수 있었지 않았을까 하는 아쉬움과 회한이 서린다.

향후, 열정적인 삶과 유익한 삶을 영위하고 싶을 때에는, 지위고하 · 연령고하를 막론하고 상호보완적인 삶을 산다면, 보람이 따르고 상생의 맛이 느껴질 것이다. 인간은 완전하지 않기 때문이다.

그러기 위해서는, 자기성찰 · 자아발전을 위한 멘토를 정해 그를 따라 해보기도 하고, 쓸만한 인재를 찾아 시간을 공유해 보기도 하고, 장래가 촉망한 후배에 대해서는 아낌없는 보살핌을 주는 것이다.

보너스

선가의 가장 이상적인 사제지간 ; 줄탁동시

- 啐啄同時 -

어미 새가 알을 품어 부화할 때 새끼가 껍질을 깨고 나오려고 안에서 몸부림치는 '줄'과 알을 품고 기다리던 어미 새가 이를 느끼고 탁탁 쪼아 부화를 돕는 '탁'이다.

이를 동시에 이루어질 때 알이 깨어지며 새로운 생명이 탄생함.

^^^ 깨달음을 구하는 제자의 무르익은 수행시점과 그 상태를 잘 아는 스승이 마지막 관문을 열어 주는 것을 의미함.

제 **3** 편

✤

적극적인 마음 고르기

✤

*제1*편과 제2편은 나의 체험과 가치 찾기를
쓰는 것이기에 다소 쉬웠다면,
이편은 전문가가 아닌 나로서는,
단숨에 원고정리가 어려웠던 것이 사실이다.

하지만, 이것을 하기 위한 과정이라고
생각했기 때문에 먼 길을 달려 온 셈이다.

나와 같은 '승진트라우마'를 겪고 있는 사람들에게
조금이나마 도움을 주고 싶어 적어 보았는데,
일부는 내가 훈련·수련하고 있는 것들이고,
일부는 앞으로 살면서 해보려고 하는 것들이다.

수련과 훈련은 꾸준한 반복과 실천이 중요한 것이지,
내용은 이차적인 문제이니까요.
내용이 빈약하다면, 보완하거나 취사선택 하세요.

첨언하면, 마음 '고르기'라는 용어는 '고르기' 이외에도
'알기', '빼기', '다스리기', '친해지기', '찾기', '보기' 등
다양하지만, "상태가 정상적으로 순조롭다"는
'고르다'의 명사형 '고르기'를 선택했다.
'숨고르기'와 '마음 고르기'같은 맥락이다.

전문가 찾아가기

몸이 마음이고, 마음이 몸이다. 내 몸을 살리고 내 삶을 바꾸는 자기창조의 법칙을 만들어라.
직업에 대한 만족, 열린 마음, 자비심, 사랑 등을 통해 '궁극적 자아'에 도달해야 한다.

　　　　　　　-디팩 초프라, "마음의 기적" 중에서-

마음의 속도를 늦추세요, 그러면 당신은 평온한 시간을 찾을 수 있습니다.
현대인은 마음의 속도를 늦춤으로서, 깨어있는 삶의 균형점을 찾아야 한다.

　　- 에크낫 이스워런, "마음의 속도를 늦추어라" 중에서 -

앞에서 여러 체험사례를 통하여 '승진트라우마'의 심각성을 알아보았고, 또한 새로운 가치를 찾아보았지만, 마음 고르기 하나의 과정으로 전문가의 진단이 중요하므로 찾아가는 것을 권장한다.

모든 트라우마가 그렇지만, '승진트라우마'도 그만큼 어렵다. 증세의 심각성을 인식하고, 그 고통스러움에 정면돌파할 마음가짐과, 전문가의 도움을 받아 상담도 하고, 필요시 약물복용을 병행하여야 한다.

기독교에서 예수 그리스도가 사흘만에 부활했다고 믿어야 독실한 신자가 될 수 있듯이 '승진트라우마'도 극복할 수 있다는 믿음이 무엇보다도 중요하다. 되도록 빨리 원활한 대인관계와 사회적 차단 현상을 최소화하여야 한다.

지속적인 마음응어리 빼기훈련과 명상, 단전호흡

> 나쁜 인연은 빨리 정리하고, 좋은 인연은 필연으로 만들어라.
>
>   - 내 노트 중에서 -
>
> 태산이 높은 이유는 한 줌의 흙도 소홀히 여기지 않았고, 장강이 깊은 이유는 탁한 물도 포용할 줄 알았기 때문이다.
>
>   - 진나라 재상 이사〈李斯〉 상소문 중에서-

마음에 응어리진 것을 빼기는 쉽지는 않지만, 지속적인 훈련을 하여야 한다. 몇 가지 중 먼저, 전문기관의 힐링프로그램을 소개해 보면, 내 마음 밑바닥에, 또는 내 몸 구석구석에 찍어 놓은 과거의 사진들을 버려보는 것이다.

더하는 것보다 빼는 것을 통하여 부정적인 것을 긍정적으로, 거짓 마음을 본래의 참마음으로 만드는 훈련을 한다.

그러다 보면, 불안감이 사라지고 집중력이 향상되기도 하고, 득보다 실이 많았던 부질없는 것들과 분노 등으로 갇혀있던 자신이 깨달음을 통해 열리는 것이다.

다음은, 명상meditation과정과 요법을 소개해 보면, 마음을 자연스럽게 안으로 몰입시켜 내면의 자아를 확립하거나, 종교수행을 위한 정신집중하는 것으로 라틴어로 메디타티오 meditatio라고도 합니다.

그 3단계 과정으로는,

1. **다라마**dharana ; 마음을 한 곳에 모아서 흩어지지 않게
   한다.

2. **디야나**dhyana ; 마음이 고요해져 순수하고 맑아진다.

3. **사마디**samadhi ; 정신이 최고로 집중되어 자신의 의식은
   사라지고, 대상만이 빛을 발하는 대우주와 합치된 상태가
   된다.

· 명상요법은 명상을 통해 질병을 치료하고, 건강을 유지
  하는 대체의학이다.
· 명상음악 듣기도 같이 곁들이면 좋다.

   마지막으로, 단전호흡 방법과 효과를 소개합니다. 단전호흡
은 배를 내밀어 숨을 느리게 들이쉬고, 그 상태에서 잠시 멈춘
뒤, 천천히 숨을 내쉽니다. 숙련되면 1분1회 호흡할 정도로
시간을 늦출 수 있으며 느린 호흡 때에는 멈추는 순간에도 기
도가 열려 있기 때문에 산소가 계속 공급되는 단전호흡의 효
과를 느낄 수 있다고 한다.

단전호흡 효과는 수련자가 1분에 10회 숨을 들이 마실 때 대정맥 지름이 48% 줄어드는 데 반해, 일반인은 1분에 10분 숨을 들이마실 때 대정맥 지름이 26% 줄어든다고 한다.

　　대정맥 지름이 줄면, 그만큼 정맥피를 더 빨리 심장으로 빨아들여 혈액순환이 빨라져 각 세포에 산소와 영양분을 더 많이 공급하게 된다는 것이다.

억지웃음 반복훈련

행복온도를 올리기 위해서는 자기의 강점을 발견하여 실천하는 일과 생활 속에서 감사하는 일을 찾기를 권장한다.
 - 미, 펜실바니아대학, 샐리만교수의 긍정심리학 중에서 -

웃음의 효과 정리;만병통치약 / 다이어트와 스트레스 해소 / 암과 성인병 예방 / 면역체계와 소화기관에 안정 / 엔돌핀 효과로 혈액순환 · 통증완화 / 두뇌자극 정신 맑게 함 / 긍정적인 마인드로 건강 · 장수 / 한번 큰 웃음이 에어로빅 5분 운동량

                                              - 내 노트 중에서 -

*제*가 요새 자주 하고 다니는 억지웃음 반복훈련을 소개하겠습니다. 조크이지만, 제가 유명해지면 특허출원이나 상표등록을 고려하겠습니다. 창시자니까요.

방법은 간단합니다. 스트레스 받는다고 생각할 때, 우리정서에 맞는 '**삼삼칠박수**' 장단에 맞춰,

" 허! 허! 허!

허 - 허 - 허

허 - 허 - 허 - 허 - 허 - 허 - 허 "

를 하단전에 기를 넣고 속으로 또는 작은 소리로, 억지로 웃으면서, 그것을 반복하는 것이다.

난, 매일 걸으면서 또는 책상에 앉아 있을 때 한다. 부당한 대우를 받았는데 하소연할 수 없을 때나 스트레스 받을 때, 자신의 감정을 너무 억누르면 정상적인 감정표출이 안 될 수 있으며, 찡그리는 것보다는 웃는 것이 육체와 마음을 정화시키기 때문이다. 그러하지 못하면 심신에 병이 생긴다. 억지웃음이라도 심리치료에 좋다.

보너스

중국의 四大美人 표현에 대한 너무 심한 '뻥'을 읽으면서, '억지 웃음 반복훈련'을 해 봅시다.

1. 춘추전국시대, 서시西施의 침어侵魚 ^^^물고기가 헤엄 치는 것을 잊고 물속에 빠지다.

2. 삼국시대, 초선貂蟬의 폐월閉月 ^^^달조차 부끄러워 구름 속을 들어갔다.

3. 한나라, 왕소군王昭君의 낙안落雁 ^^^기러기가 날개짓 을 잊고 떨어졌다.

4. 당나라, 양귀비楊貴妃의 수화垂花 ^^^꽃이 부끄러워 잎을 말아 올렸다.

본인 위로 훈련 / 타인 용서훈련

본인 위로 훈련

세계 총인구, 70억 명 중 나와 똑같은 사람은 없다.

고로, 나는 존엄하고 존귀하다.

나는 위대하고, 큰 인물이다.

아직도 정의는 살아 있고, 주변에 착한 사람도 많다.

사양이 지나, 욱일이 되는 법이다.

신이 있다면, 나를 강인하게 만들려고 시험했을 뿐이다.

타인 용서훈련

만약, 이 세상에 용서가 없다고 가정해 보세요. 우리가 모두 살아 있겠습니까?

프랑스 철학자, 폴 리꾀르paul ricoeur의 memory, forgetfulness, and history 라는 책에서,

> **" 용서는 일종의 기억을 치유 하는 것,
> 즉 비탄의 시기를 종결시키는 것이다.
> 용서는 기억에 미래를 제공한다. "**

라고 했다.
그래서 용서가 가해자와 피해자 모두를 치유할 수 있고, 새로운 미래적 관계를 만들어 갈 수 있는 것이다.
물론, 쉽게 용서될 수는 없다. 끝없는 용서 훈련이 뒤따라야 한다.

트라우마 테라피 책 중에서,

마음의 상처를 8가지 유형으로 구분한 바,
1. **굴욕** ...일시적인 죽음을 가져온다.
2. **무시** ...우리를 병들게 한다.
3. **배신** ...인간의 신뢰기반을 무너뜨린다.
4. **억울함** ...세상의 신뢰를 잃게 한다.
5. **공포** ...밑바닥엔 죽음의 두려움이 깔려 있다.

6. **간섭과 통제** ...마음의 문을 닫는다.

7. **따돌림** ...외로움과 두려움을 동반한다.

8. **냉 담** ...부조리와 외로움이 결합된 극단적 무관심으로
　　　　　변한다.

　^^^라고 했습니다. 이를 치유하기 위해서는 본인의 마음,
의지가 무엇보다도 중요합니다.

　하루 빨리 마음의 감옥에서 벗어나, 진정한 자유를 찾아야
한다.

자기최면과 이완훈련

강하고 차분한 사람은 늘 사랑 받고 존경 받는 것이요.
인격 수양의 마지막 단계는 평정심이다. 욱하거나 발끈하
거나 안달복달하거나 경거망동하지 말지어다.

- 내 노트 중에서 -

읽고, 생각하고, 분석하고, 기억하는 모든 것을 마음속에
지도 그리듯이
**- 영, 언론인 토니버전의 마인드 맵mind map이론 중에
서 -**

이 훈련은 앞으로 제가 꾸준히 하고 싶은 것으로, 그냥 소개해 드립니다. 최면은 몸과 마음을 편안하게 이완하는 것이요.

메시지 / 현상 / 기대 / 믿음으로 이어지는 마음치유의 방법의 하나이다. 수면과 각성의 중간적 특징으로 무의식에 접근해 보는 통로이다.

프로이드는 '무의식은 의식의 가장 중요한 배경이며, 의식의 주인이다'라고 얘기했고, **슐츠 박사**는 '최면을 통해 편안한 알파파 상태로 만드는 신체이완방법으로 마인드컨트롤과 집중력 향상되고, 성공하는 자의 공통점은 이완이다'라고 했다.

그러면 최면을 걸어 볼까요?
성공하는 자는 긍정의 최면을!
실패하는 자는 부정의 최면을!
레드 썬red sun!!

주 : 레드 썬은 상대방을 최면상태로 유도하고, 주위집중을 시키기 위한, 모 박사님이 자주 사용했던 일종의 암시어 입니다.

어울리기 훈련

일하는 자만이 힘을 갖는다.

— 새무얼 스마일즈 —

동기부여는 지속적으로 이루어져야 한다. 열정은 식고, 열정의 불꽃은 사위어 없어지기 때문이다.

— 내 노트 중에서 —

기 죽은 일등 보다, 기 살은 꼴찌가 낫다.

— 내 노트 중에서 —

물은 만물을 이롭게 하면서도 다투지 아니하는 선의 으뜸이요, 표본이다.

— 老子의 상선약수 上善若水 —

과거는 어쩔 수 없이 약간 어두웠다고 칩시다. 돌이킬 수 없는 거니까. 이제는 적극적으로 새로운 인맥을 구축하고, 필요시 새로운 동아리도 만들어 활동합시다. 본업 이외에 부수적으로 다른 일도 해봅시다.

파워인맥도 만들어 상생하고, 인맥지도를 잘 그려 관리합시다. 인생은 리바이벌이 안 되고요, 재방송도 안 됩니다. 이제까지 경험하지 못했던 새로운 하늘과 새로운 땅을 발견합시다.

다양한 사람과 다양한 일을 통섭, 소통, 공감, 상생하면서 살아갑시다. 너무 경쟁하는 것은 서로 불편함을 느끼는 시대입니다. 힙합과 발라드가 만나도 신날 수 있다니까요. 케이팝도 세계적일 수 있는 것을 다들 체험했잖아요.

주 : 힙합*hip hop* : 1980년대 미국에서 유행한 다이나믹한 춤과 음악의 총칭으로 대중음악의 한 장르를 일컫는 말.

발라드*ballade* : 자유로운 형식의 소서사시 또는 담시, 민요, 가요를 말하고, 오늘날에는 파퓰러송 가운데 센티멘탈한 러브송 종류를 칭함.

퇴마사훈련

존재하는 심리적 고통을 있는 그대로 경험하면서 삶 속으로 들어가는 방법을 제시하였고, 회피의 덫에 걸리지 말고 기꺼이 경험하면서 괴로움을 이겨내자고 하였다.
- 스테브 헤이스와 스펜서 스미스 공저,
"마음에서 빠져나와 삶 속으로 들어가라" 중에서 -

퇴마사退魔師는 악마를 퇴치하는 사람이다. 영어로는 엑소시스트exorcist이고, 보통 법사님으로도 호칭한다.

제1편 '체험 속에서' 잠시 언급했지만, 트라우마도 악마다.

'마'자 돌림이다. 스스로 트라우마를 퇴치하는 능력을 키워야
한다.

그 방법은 집착에서 훌훌 털고 나가는 것이다. 쉽지는 않지
만, 그 악마를 직접적으로, 정면 돌파 하는 것이 좋다. 생명
에 대한 집착, 재물에 대한 집착, 자식에 대한 집착, 복수심
에 대한 집착 등 어느 것에 대한 집착이 강한 사람일수록, 악
마가 많다. 의식의 분열 현상이다.

심리학자 스테브 헤이스는 '심리적 고통에 대한 해결책이
오히려 문제를 일으킨다'라고 했고, '불안을 느끼지 않으려고
하는 것이 나를 더 불안하게 하는 주요원인이다.' 라고 말하
고 있다.

재강조 하건대,
악마를 / 트라우마를 회피하지 말고, 부정적으로 집착하지
말고, 직접적으로 정면 돌파 하여, 긍정적으로 이겨내는 것이
다. 스스로 '퇴마사훈련'을 하면서....

불교경전인 "반야심경"의 마지막 부분에서, '아제아제바라아
제 바라승아제 모지사바하'를 노래하고 있다.

모든 집착을 버리라는 가르침인 것이다.

정조대왕 어록, 함양공부

治心之要，當以寡慾爲先

(치심지요, 당이과욕위선)

　마음을 다스리는 요체라면 무엇보다 욕심을
　적게　가짐을 으뜸으로 삼아야 한다.

修齊莫要於家禮, 進學莫要於心經

(수제막요어가례, 진학막요어심경)

　몸과 마음을 수양하고 집안을 다스린다는
　수신제가에는 가례보다 더 긴요한 것이 없고,
　학문에 나아가는 데는 심경보다 더 긴요한 것은 없다.

行燕射 顧諸臣曰 不正心, 無以中鵠 雖下愚 中鵠時 却自正心

(행연사 고제신왈 부정심, 무이중곡 수하우 중곡시 각자정심)

마음을 곧게 하지 않으면 과녁을 맞히지 못한다.
아무리 어리석은 사람이라도 과녁을 맞힐 때에는
바른 마음이 되는 것이다.

涵養工夫最難, 余少涵養工夫, 故每多暴發之病

(함양공부최난, 여소함양공부, 고매다폭발지병.)

함양공부가 가장 어렵다. 나는 함양공부가 부족해서
언제나 느닷없이 화를 내는 병통이 많다.

註, 함양공부涵養工夫 ; 몸을 닦고 품성을 잘 가꾸어가는 공부

보너스
중용中庸이 최고의 덕이요, 치우침 없고, 바뀌지 않는 일상적 행위, 보편
타당한 행위이다.

오프라 윈프리 사례

1954년 미국 출생, 전 세계에서 가장 영향력 있는 여성이며, 십 수 년 동안 토크쇼의 여왕으로 군림하고 있는 방송인이요. 잡지·케이블TV·인터넷을 거느린 'Harpo'주식회사 회장으로 성공한 흑인 여성이다. 그녀의 성공기는, "인생의 성공 여부는 완전히 개인에게 달려있다"라는 오프라이즘을 낳기도 했다.

그러나 오프라는 사생아로 태어나, 아홉 살 때 사촌에게 성폭행을 당하고, 마약에 빠지는 등 불우한 어린 시절을 보냈다. 이러한 모든 어려움 / 트라우마를 이겨 내고 성공한 것이다. 이 멋진 여성의 성공사례 요체인 십계명을 적시하면서, '적극적인 마음고르기'편을 마무리하고자 합니다.

주 : Harpo는 Oprah 철자의 역순이다.

오프라 윈프리의 성공 십계명

1. 남들의 호감을 얻으려 애쓰지 말라

남들의 호감을 얻으려다가는 자신에 대하여 소홀해진다. 그러다 보면 자꾸 다른 사람들을 의식하게 되고 눈치를 보게 된다. 남에게 잘 보이기 위한 삶이 아니라, 자신에게 인정받고 자신을 사랑할 줄 아는 사람이 되어야 한다.

2. 앞으로 나아가기 위해 외적인 것에 의존하지 말라

외적인 화려함은 외적인 것이다. 그것이 내면에서 만들어지지 않는다면 결국 사라지기 마련이다. 외적인 것에 의존하다 보면 자신의 순수한 마음을 보기보다는 자신을 겉으로 꾸미려고 할 것이다.

내면이 충실한 사람만이 자연스럽게 외적인 빛이 나는 것이다.

성공하는 사람의 공통점은 외적인 치장이 아니라 내면의 아름다움과 조화를 이루도록 노력한다.

3. 일과 삶이 최대한 조화를 이루도록 노력하라

평생 일만 하면서 살 수는 없다. 우리의 삶의 가치는 일이 아니라 행복이다. 인생이라는 마라톤을 완주하기 위해서는 적절한 휴식과 여유가 필요하다. 그렇지 않으면 일중독에 빠질 것이고, 그로 인해 현대병에 걸림으로서 결국 일을 그만두게 될 지도 모른다.

4. 주변에 험담하는 사람을 멀리하라

부정적인 사람은 부정적인 에너지를 담고 있다. 험담을 잘하는 사람은 모든 사람을 부정적으로 보게 된다. 그러한 사람은 주변까지도 오염을 시키기 때문에 되도록 그러한 사람으로부터 멀어져야 한다. 사람은 어느 순간 닮아가기 때문이다.

5. 다른 사람에게 진실하라

가식적인 행동이나 말은 결국 진심이 느껴지지 않는다.

사람을 만남에 있어서 진실만큼 중요한 것은 없다. 한 순간의 욕심으로 사람을 사귀어서는 안 된다. 진실만이 나로부터 떳떳하고 당당하고 항상 자신 있는 삶을 만들 수 있다. 그러기 위해서는, 자신에게 먼저 진실되어야 한다.

6. 중독된 것을 끊어라

중독은 사람의 마음을 서서히 병들게 한다. 술이나마 약 같은 중독도 사람의 정신을 약하게 만든다. 사람 중독도 사람에 대한 강한 집착을 낳는다. 이러한 모든 중독 현상은 사람을 서서히 약하게 만들며, 결국 삶 자체를 피폐하게 만든다.

7. 당신에 버금가는, 혹은 나은 사람들로 주위를 채워라

좋은 사람들은 좋은 에너지를 주기 마련이다. 내가 살아감
에 있어서 나에게 조언을 해주고 방향을 제시해 줄 수 있는
멘토가 있다면, 많을수록 좋다. 우리는 완벽하지 않기 때문에
그들의 조언을 진심으로 듣고 이행한다면, 많은 시행착오를 줄
일 수 있다.

8. 돈 때문에 하는 일이 아니라면, 돈 생각은 아예 잊어라

봉사를 하면서도 대가를 바라면 안 된다. 희생을 하면서도
대가를 바라면 안 된다. 내가 어떠한 대가나 돈을 위한 것이
아니라면, 그것에 대하여는 그냥 줄 수 있는 마음이 있어야 한
다. 그러한 마음에서 돈 생각이 든다면, 자신의 순수한 의도마
저 사라지게 될 것이다.

9. 당신의 권한을 다른 사람에게 넘겨주지 마라

우리 삶의 주인은 바로 나다. 내가 내 자신에 대하여 무책임하고 회피하게 되는 경우에는 다른 사람들이 나에 대해서 선택을 하게 된다. 이러한 무책임은 인간의 삶을 우울하게 만들고, 무기력하게 만든다. 내가 지금 당장 결정해야 할 일이 있다면 당장 결정해야 한다. 우리의 삶은 선택의 연속이다. 남들이 나를 선택하게끔 내버려 두어서는 안 된다.

10. 포기하지 마라

포기는 또 다른 장벽을 만든다. 포기라는 것도 습관이 되기에 자꾸 도망 다니기 마련이다. 우리의 삶은 도전을 통해서 체험과 경험을 얻는다. 포기하는 순간 인생의 값진 참교훈을 얻지 못할 것이다.

포기하는 마음보다는 도전하는 마음으로 자신의 인생을 꾸려가야 할 것이다.

제 **4** 편

선결과제 심신건강

오십 중반의 대화메뉴에는 '건강'이 가끔 대두된다. 고교 졸업생 600명 중 10%인 60명 정도는 병사 · 사고사 · 자살, 질병치료 · 심리치료 등으로 보이지 않습니다.

그래서, 내가 손쉽게 실행하고 있거나, 알고 있는 사항을 발췌 · 정리 하였습니다.

인생의 진정한 성공은 진정한 건강이기 때문입니다.

그리고 책의 마지막 부분에 일등만을 고집하는 각박한 세상에 '이등인생'과 내 약점보완용인 '칭찬하며 살아요'라는 장광팔 선생의 노래를,

사 ~ 아 ~ ㄹ – 짝

인용하였습니다.

비타민씨에 대하여

인간에게 활력 있는 삶을 선사하는 비타민씨vitamin c는 독성이 없는 수용성 물질로서, 부작용에 대한 염려가 없어 과다 섭취해도 상관없으며, 동물 가운데 영장류만 스스로 합성하지 못해 외부로부터 공급해야만 한다.

비타민씨는 유해한 활성산소를 막아 주기 때문에 스트레스와 피로예방은 물론, 뇌세포에 공급해주면 기억력 증진과 치매예방.

혈관의 산화와 경화를 막아 주고, 산화된 콜레스트롤이 혈관을 막는 것을 예방항산화작용

위에 서식하는 헬리코박터 균의 활동을 정지시키고, 위염이
나 위궤양에 좋은 효과

대장에 서식하는 부패균을 없애 대장암 발생 억제
면역력 증진, 감기예방, 노화와 피로예방, 암과 심장질환
등 각종 질환예방. ^^^^^속 쓰림을 방지하기 위하여 식후, 복
용 생활화 / 식사 때마다, 2그램2000미리 그램씩, 하루 6그램
을 복용한다. / 많게는 하루 식사 때마다, 4그램씩 하루 12
그램 복용해도 괜찮다.

♣ 주 : 위의 글은 믿을 만한 정보를 통해, 제가 체험한 결과 유익한 사항
　　　들이기에 발췌하여 알려 드리오니 / 적의 판단 활용하시기 바랍니
　　　다.

보너스
대표적인 항산화 물질은 ; 플라보노이드/폴리페놀/카테킨/베타카로틴
고기를 먹으면, 반드시 야채를 먹어야 하는 이유;
비타민과 생리활성기능 성분인 파이토 케미컬phyto chemical 때문임.
파이토 케미컬은 항산화 / 면역체계활성화 / 종양확산억제 / 암예방 등
의 작용을 함.

오일풀링oil pulling

아침에 일어나거든,
새로이 태어난 것처럼,
기뻐하십시오.

그리고,
들기름이나 참기름 한 숟갈 입에 물고,
약 15분간 가글하면서,
혀로 이빨과 입안 이 곳 저 곳을
긁어 주십시오.

♣ 주 : 오일 풀링은 체내에 축적된 독소를 뺀다는 디톡스(detox)의
　　　일종으로 입안의 세균과 독소가 오일에 베어 몸 밖으로 빠져
　　　나오게 하는 것이다. 고대 인도에서 유래되었다는 설이 있음.
　　　일종의 민간요법이다.

보너스
頭寒足熱, 水乘火降 두한족열, 수승하강 ；
　　　　　'머리는 차고, 발은 따뜻하게'
　　　　　'찬 기운은 위로, 열기는 아래로'

30분의 좋은 습관 네 가지

1. 아침식사 前 몸 풀기 30分

2. 30分 이내 거리는 가급적 걷기

3. 점심 먹고 음악 들으며 낮잠 30分

4. 자기 前 이 닦고 명상 30分

보너스
1. 사군자탕 ; 인삼 / 백출 / 감초 / 백복령
2. 사물탕 ; 천궁 / 당귀 / 숙지황 / 백작약
3. 팔물탕 ; 사군자탕+사물탕
4. 십전대보탕 ; 팔물탕+황기 / 육계

헐, 괄, 단을 동시에

*제*가 돈 안들이고, 시간 안 들이고, 가볍고 편하게 하는 방법입니다. 괜찮다면, 몇 번 해보고, 숙달되면 좋습니다. 처음에는 한 가지 씩 해보고, 숙달되면 세 가지를 동시에 하면 좋습니다. 전문가는 아니지만, 소개해 드리겠습니다.

제1단계(헐)

*혀*끝을 앞니 뒤 부분에 살짝 갖다 대면 끝입니다. 참 쉽죠. 그러면 우리 몸의 음양의 회로가 열린다고 합니다. 한글 발음의 '헐'과 비슷합니다.

참고로, 잠자는 아이를 보면 혀가 입천장에 붙어있음을 알 수 있지요.

제2단계(괄)

항문 주변의 항문괄약근을 조이면 끝입니다. 더 쉽죠. 인간의 신체에는 50개가 넘는 괄약근 또는 조임근이라고도 하는 근육이 있는바, 그 중에서 항문 주변의 '항문괄약근'의 조이기운동이 건강에 좋습니다.

왜냐하면, 인간은 직립보행하기 때문에 몸속의 오장육부가 밑으로 처져있게 되는 데, 그런 오장육부를 받치는 곳이 항문인 바, 그 항문을 조여서 끌어 올려주면 처진 오장육부도 끌어 올릴 수 있으며, 몸속의 생명에너지를 활성화 시키는 데 도움이 됩니다.

제3단계(단)

배꼽 밑 9센티미터인 하단전으로 호흡을 한다. 더욱 더 쉽
죠.
단전호흡에 관하여는 설명은 생략하겠습니다.

주 : '헐'은 요즘 젊은 세대에서 자주 쓰는 신조어 같은 감탄사이
고, '괄'은 괄약근의 첫 글자이고 '단'은 단전호흡의 첫 글자입니
다. 제가 명명하고, 제가 하고 다니는 **헐괄단 건강법** 입니다.

단전치기와 등치기

제가 매일 2회 정도 하는 것을 소개하겠습니다.

몇 년 전부터 심신이 허약해지는 것을 느끼면서 출근 전에, 자기 전에 하고 있습니다만, 방법은 간단합니다.

그러나, 속은 후련합니다.

'단전치기'는 배꼽 아래 9센티미터의 하단전을 주먹을 쥐고 주먹 앞면과 옆면으로 30회 정도 툭툭 쳐주고요. 심장 부근의 중단전을 하단전과 마찬가지로 하고요. 머리 정수리 부근의 상단전을 손가락이나 빗 등으로 톡톡 30회 정도 쳐주면 됩니다.

'등치기'는 건물의 딴딴한 기둥이나 벽을 찾아서, 몸통 뒤 쪽의 척추, 등을 15회 정도 쿵쿵 쳐주면 됩니다.

보너스
옆으로 누워 무릎을 구부리고, 자는 것이 심기를 도와줍니다.

– 동의보감의 측신굴슬側身屈膝 –

'피톤치드'를 위하여

1930년대 러시아의 생화학자 토킨에 의하여 명명된, 피톤치드phytoncide는 식물이 나쁜 병원균·해충·곰팡이에 저항하려고 내뿜거나 분비하는 물질로, 삼림욕을 통해 이를 마시면, 스트레스가 해소되고 장과 심폐기능이 강화되며 살균작용도 이루어진다고 한다.

이것은 미생물에는 유독하지만, 인체에는 유익하여 사소한 피로나 감기는 숲 속에 머물러 있으면, 치료가 된다고 하여 삼림요법이 성행하기도 한다. 심신이 피로한 때에는, 쐬주 마시면서, 어쩌구를 위하여! 하지 말고, 삼림 속에서 피톤치드를 위하여!
하면서 건강해집시다.

보너스

건강식품 열가지2002년,The time지 선정 발표 ;
　마늘 / 토마토 / 시금치 / 녹차 / 견과류 / 브로콜리 / 블루베리 / 귀
리 / 연어 / 적포도주

봄나물 모음(27) ;
　시금치 / 쑥 / 냉이 / 달래 / 씀바귀 / 나신개 / 지칭개 / 꽃다지 /
말매물 / 말맹이 / 물레동이 / 질갱이 / 고사리 / 원추리 / 창죽 / 모
시잎 / 감돌래 / 취나물 / 곰취나물 / 참나물 / 돈나물 / 활나물 / 기
름나물 / 고비나물 / 잣나물 / 삽추나물 / 대나물

나만의 건강 축지법

제가 건강전문의나 운동처방사는 아닙니다만, 마지막으로 가끔 실행하는 나만의 '축지법'을 소개하겠습니다.

에헴!

'도술로 지맥을 축소하여 먼 거리를 가까게 하는 술법'의 축지법縮地法이 아니고, 세간의 관심과 화제의 인물이었던 허모 씨의 축지법이 아니고, '발 뒤쪽의 둥그런 부분 가운데 맨 뒤쪽의 두둑하게 나온 부분'인 발뒤축을 지면에바닥에 닿게 하고, 운동 삼아 걷는 '건강 축지법'이다.

이 건강 축지법은 실외와 실내에서 모두 가능하다. 특히 실
내에서 슬리퍼를 신고 걸으면, 편하고 건강에 도움을 준다.
또한, 운동효과와 함께 내장도 튼튼해지는 느낌을 받는다.

♣ 주 : 위 건강 '축지법'은 운동방법의 하나로, 초능력적 도술
인 축지법과는 동음이의어에 불과한, 제가 만든 신조어이오니
혼동하지 마시길 바랍니다.

간 식

멘토 장광팔 노래

이 등 인 생

구자형 작사 / 김학민 작곡 / 장광팔 노래

최고가 되야 한다는 생각 때문에
옆도 보지 않고 뒤도 보지 않고
달려왔던 내 인생

이등이면 어떠냐는 생각 가지고
친구도 챙기고 마누라도 챙기는
멋진 남자 되어보자

넥타이를 풀고 가슴을 쫙 펴고
심호흡하고 천천히 걸어도
걱정 없는 이등 인생

이등이면 어떠냐는 생각 가지고
친구도 챙기고 마누라도 챙기는
멋진 남자 되어 보자

넥타이를 풀고 가슴을 쫙 펴고
심호흡하고 천천히 걸어도
걱정 없는 이등인생

머리에 띠두르고 노래를 부르고
몸가는 대로 춤을 추어도
걱정 없는 이등인생

최고가 되야 한다는 생각때문에
옆도 보지 않고 뒤도 보지 않고
달여왔던 내 인생

이등이면 어떠냐는 생각 가지고
친구도 챙기고 마누라도 챙기는
멋진 남자 되어보자

칭찬하며 살아요

김순규 작사 / 김학민 작곡 / 장광팔·이수나 노래

칭찬하며 살아요. 칭찬은 마술이에요.
칭찬하면 칭찬한대로 변한대요.
깻잎머리 시집 잘 가 비행기 태워주어요.
잠꾸러기 칭찬하면 피부 미인이 되죠.

아이들 칭찬, 남편 칭찬, 푼수라도 나~는 좋아
그리고 절대로 잊지를 말아요. 내 칭찬도!
칭찬은 칭찬은 시어머니도 춤춰요. 덩실덩실
칭찬하며 살~아요.

칭찬하며 살아요. 칭찬은 사랑이에요.
칭찬하면 하루하루가 달라져요.
꼴~찌를 창찬하면 일~등도 문제가 없죠.
겁쟁이를 칭찬하면 큰~ 인물이 되죠.

처갓집 칭찬, 마누라 칭찬, 푼수라도 나~는 좋아
그리고 절대로 잊지를 말아요. 내 칭찬도!
칭찬은 칭찬은 사장님도 웃어요 싱글벙글
칭찬하며 살~아요.

편집후기

원고 집필을 끝내면서

6월 말경에 '출판쐬주회'를 열기로 지인들에게 선포하고, 대망의 출판의 꿈 / 작가의 꿈을 꾸면서 밀어 부였다. '여자는 출산, 남자는 출판'이라는 나름대로 만든 구호를 외치면서, 스스로를 담금질했다.

직장 내부의 업무지침서는 여러 권 제작·출판해 보았지만, 대외적, 개인적인 책은 처음이다. 그것도 단시일 내 두 권 쓰는 것이다.

그 이유는 또 한 권의 冊인 '밤비夜雨 박영식의 詩와 人生 모듬', **권커니 자커니**와 상호연관성이 있고, 나를 표현하는 데 좋은 기회라 생각했기 때문이다. 아직도 아날로그·오프라인에 친숙하고, 워드·컴퓨터·온라인 등 디지털에 약한 내가 독수리 타법으로 토·일요일도 없이, 일부러 고행을 자초하면서, 컴퓨터를 두드렸다.

여러 번 수정 · 보완작업하면서, 여러 번 시행착오 겪으면서 강행군했다. 자신을, 세상 밖으로 드러냄을, 다소 두려워하면서, 이렇게 해서라도 몇 년 묵은 마음의 응어리를 풀고, 쓸데없는 집착에서 벗어나, 좀 더 큰 인물로 거듭나야 일념으로 책쓰기를 했다.

다소 아쉬운 점으로는, 너무 단기 목표를 고집하지 않았나? 싶기도 하고, 집필 장소 등 원고정리 환경이 여의치 않아서, 집중력의 문제로 인한 책의 질이 떨어지지 않았나?

또는 내가 하고 싶은 메시지를 글로서 제대로 전달되었는지? 등등이다. 출판의뢰 후, 교정 작업에서 좀 더 성의를 보이기로 하고 원고를 끝내고 나니, 마음만은 후련하다. 독자들께서 너그러이 이해주시리라 믿고, 세 번째 책은 베스트셀러를 시건방지게 기대해봅니다.

승진 트라우魔

체험을 통한 선량한 왕따,
새로운 가치 찾기와 마음고르기

초판 2013년 6월 01일 1판 1쇄 인쇄
     2013년 6월 10일 1판 1쇄 발행

지은이 박 영 식
펴낸이 이 동 원
편집인 유 영 희 외

출판등록 2003.10.1(제307-2003-000091호)
펴낸곳 책과사람들(구 법서출판사)
주 소 서울시 성북구 보문7가 100번지 화진 빌딩 3F
전 화 926 - 0290~2
팩 스 926 - 0292
ISBN 978-89-9734-909-8 03810

홈페이지 www.booksarang.co.kr
       www.booknpeople.com